中国好小说
作家系列

Marvelous
Chinese
Works

十里红妆

赵淑萍 著

上海故事会文化传媒有限公司
上海文艺出版社

目录 | Content

目录 | Content

目录 | Content

目录 | Content

秋天的梨花

她是家中最小的孩子，也是最受父母宠爱的孩子。

那一年，一个秋日的黄昏，难得度假的父母在老家的田野里散步。突然，母亲看到梨树上，有几朵梨花开着，洁白无瑕的小花，在绿叶间，如此清新，如此明媚。怎么秋天也会有梨花开呢？打小在城里长大的母亲觉得很新奇。父亲说，十月小阳春，天气和暖，所以，有梨花开。就是那个假期后，母亲粘酸嗜醋，怀上了她。此时母亲已年近五十，亲友们都建议她不要这个孩子了。

可是，母亲想起了三十年前的春天。那时，日寇入侵，精通医术的父亲参加抗日救卫队去了。父亲在战场上救死扶伤，母亲则腆着个大肚子，在父亲的老家，一个小山村待产。母亲生下一个白白胖胖的女孩。可是，孩子出生不久就身体泛紫，嘴唇发乌，面色苍白。母亲首次生产，毫无经验。旁边人也不懂，不知道这是新生儿窒息，应该采取急救措施，还在一旁摇晃、安抚，就这样，孩子夭亡了。当时，母亲记得，春天，下了一场雨，屋外的梨花，一朵朵都含着泪。母亲的泪，也像雨一样，不住地流。

后来，战争结束了，父亲和母亲团聚了。再后来，中华人民共和国建立了。父亲和他的同仁们一起创建了市中医院。在她之前，父母已有了五个孩子。想起盛开在秋日黄昏的梨花和那个多难的春天，母亲有种预感，是不是三十年前的那个孩子又回来了。于是，不顾劝阻，母亲执意要生下这个孩子。也许是出于对第一个孩子的负疚，父亲有生以来第一次接生，他亲自把这个小女儿迎接到了这个世界上。

她来到这世上，受尽了父母和哥哥姐姐们的宠爱。哥哥姐姐们个个都跟着父亲学医，很小的时候就背汤头歌，抄方子，而她不喜欢，她喜欢背唐诗宋词。破天荒的，父亲允许这个最小的女儿不学医，由着她的兴趣。最后，她成了一名出色的图书编辑。"这样也好，我们负责给患者诊治，你就负责给一本本书把脉。"父亲说。

三十多岁时，她一次外出采风回来，突发恶性疟疾，剧烈头痛、呕吐，有性命之虞。平时对她视若珍宝的父亲，这次狠心开了足够剂量的砒霜。这砒霜的量，令从医的哥哥姐姐们都咋舌。结果，把她从死亡线上拉了回来。这让父亲在中医界的声誉达到了顶峰。"毒药猛剂善起沉疴，虫类搜剔能疗痼疾。"父亲的用方让同行叹服。

退休后，父亲仍然被聘为中医院的顾问，每星期还去坐堂。为了中医院迁址重建，父亲多方呼吁，四处奔走。而新的中医院大楼落成的那天，父亲病倒了。

连日来，他高热不退，嘴里又说着"黄芪""白术""当归"等。每次，父亲发高热，不说胡话，只喊药名。他们多希望，95岁的父亲，能够再次扛过去。可是，这次，却扛不过去了。

那天，父亲清醒后，把他们都叫到床前，吩咐后事。最后，把她单独留下。

"孩子你知道吗？爸爸一生行医，救活人无数，但是，难免有疏漏误诊的时候。还记得那次我给你看病吗？在你之前，也有一个姑娘，我太谨慎，用的砒霜剂量不够，最后，没能挽回她的生命。到了你这里，我纠正了，所以，把你从死亡线上拉回来了。爸爸这些年，把自己误诊的病例都写下来，结集成册，希望你给我编辑出版。"父亲让母亲从抽屉里捧出一沓稿纸。

她沉默了，她明白，以父亲的声望和地位，出版这本书，会给他带来什么。但是，出版这本书，对中医界来说，却是一种福泽。父亲看着她，父亲的眼神，如此明亮，如此坚定，容不得她犹豫，她点点头。

《误诊记》出版了。她和哥哥姐姐们校了又校。封面上，夕阳中一枝梨花，洁白无瑕。

弹花匠和他的女人

　　老弹花匠指望着小弹花匠来继承他的行当，可是，小弹花匠却嫌这活又脏又累。别看这棉花干净，可是细绒黏在头发上，吸进嘴里，那可不是一般的难受。

　　小弹花匠眉清目秀，处处机灵，干啥一学就会。小时候，他觉得弹棉花很有趣，他爹摆弄那张大弓时，他就在旁边和着节奏唱。但等自己也摆弄熟练了，就开始厌倦。农闲时弹棉花，他高兴时跟着爹去，做个帮手，有时干脆就不去。

　　可是，这一次，听爹说要到几十里外的梨花村去，他破天荒地说他去，而且一个人就行。其实，他心里在打小九九。听说梨花村有个姑娘叫莲莲，人长得俊俏，而且会在棉胎上盘花。这里的人家，凡是弹新棉花做嫁妆被的，就要用毛线在棉胎上盘出红双喜字、福字、八耳结或者简单的雀鸟图案来增加喜气。这盘花，有的就由弹花匠完成。如果弹花匠不会，就会找当地心灵手巧、容颜姣好的未出阁的女孩来盘。小弹花匠盘花盘得好，但是，这一次，他要去见识那个莲莲。

小弹花匠背着一张大弓，携着一个木盘、两只木槌，来到梨花村。他接连弹了三户人家。这三户人家，有的把两扇大门板卸下来，擦干净；有的抱出一席收拾干净的簟，他就在那上面弹，又板又硬的发黄的旧棉花，在他手下，顿时蓬松、白胖起来。他一块块地弹，最后，又把棉花弹成四四方方的一整块，然后，网纱，再用木盘来回磨，这样，又是一床蓬松、暖和的棉胎。到第四户人家的时候，这户人家拿出又白又柔软的新棉花，要给已下聘的女儿弹嫁妆被，这就意味着要盘花。但是，他故意说他不会盘花。于是，这家的主人就说去请莲莲。他终于能见到那个传闻中的姑娘了。他还有意把头上的花絮捋了捋。

莲莲来了，真像一朵出水的莲花一样清新、明媚。莲莲从来没看过弹得这么方整的棉胎，不禁抬头看了小弹花匠一眼。这一眼，看得小弹花匠心突突跳。然后，她轻巧伶俐地在棉胎上盘起红双喜来。盘好，又盘了一个喜鹊登梅的图案。那一刻，在小弹花匠眼里，那洁白的棉花就像一朵洁白的云，而莲莲就是他心中的菩萨。盘好图案，接下去，要网纱。网纱就是有两个人，将棉絮的两面用纱线纵横着摆成网状，来固定棉絮。主人家让莲莲再帮着网纱。于是，小弹花匠和莲莲就成对角地蹲着，拉着同一根线，看线，也看人。小弹花匠的目光里有电，莲莲羞得不敢直视，但又禁不住偷偷瞧他。明明一会儿就可以网好的，两个人都网了老半天。

从此，这小弹花匠就害了相思病，一到农闲，就要去梨花村弹棉花。

第三年，莲莲的爹叫小弹花匠上他家弹棉花。小弹花匠弹得特别卖力，那声音特清脆，节奏感特强。这一次，小弹花匠自己盘花，他用红毛线盘出两朵牡丹，又用绿毛线盘出叶子。"这小子，其实盘花盘得比我家莲莲还好。"莲莲爹心里嘀咕。"我就知道你会盘花，还说自己不会，还假惺惺地说要跟我学。"莲莲嗔怪道。

那六斤的棉胎，他弹得中间厚边缘薄，这样的被子，睡起来是最熨帖、最舒服。临走，莲莲爹拍拍小弹花匠的肩膀："你小子脑瓜好使。"

这事就算成了。

莲莲过了门，小弹花匠就不想去弹棉花了，可是，莲莲却向老弹花匠学起了弹棉花。其实，莲莲小时候就喜欢看人弹棉花，听那铮铮的乐音，而且，她喜欢脱下鞋子在干净柔滑的簟上行走，喜欢在棉絮上画画——盘花。"哪有女的穿家过户去弹棉花的？这样吧，给我三年的时间，我保证你足不出户就可以弹棉花。"小弹花匠说。

这小弹花匠替社办企业跑业务，果然，三年后，他用赚来的钱在家里开了一个"莲莲棉花坊"。他收购来上好的棉花，还出售各色织锦缎被面。凡是要嫁女儿的人家，都可以到这里定制棉被。

现在，"莲莲棉花坊"还出售各种被子，蚕丝被、羽绒被、羊毛被……但是，在这里仍然可以定制棉被。虽然店里有好几台弹棉机，那个两鬓染霜的女人，只要是亲朋好友家有喜事了，她还会亲自弹棉花、盘花。要网纱了，同样，一个两鬓染霜的男人，就蹲在她对面，两人拉着线，看线，也看对方，好像这辈子还没看够。

种花的男人

男人说他要种花。女人怔了一下。随即，轻蔑一笑："那我拭目以待。"女人说这话是有原因的。男人是肿瘤科医生，生活中除了看病就是看书。他从不陪她逛街，情人节也从不送礼物。女人曾撒娇要他送花，他说："给你钱，自己去买好不好？"结果，女人气得够呛。如今，一个连买束花都不会的男人，居然要种花。

男人真的买来了花架，带来金银花条和土。金银花是最好种的，播种、插条、分根都能存活。当年，就开出了二色花，清香扑鼻。受了鼓励，男人种的花越来越多，茉莉、紫藤、牵牛花、君子兰……除了看病、看书，男人的生活内容又多了一样。每天，下班回来，第一件事就是往露台上跑。

冬天，他端出花盆，让它们晒太阳；夏天，酷暑，烈日当空或夕阳斜照，他给花一一浇水。他养花其实一点章法都没有。花要修剪，他却从不修剪，结果，文竹长得泼辣恣肆，茉莉花的枝条也张牙舞爪，甚至，草花大片蔓延，看上去乱糟糟的。"你种花还是种草？"女人不时问。花草在男人心中好像没有贵贱之分，石斛花和一串红他一视同仁，君子兰他呵护有加，水缸里紫色的水葫芦花他也当宝贝一样欣赏。

不管怎么说，他养的花都活了而且开花了。

男人难得浪漫起来，每逢花开，他都拍照发朋友圈。有一年，紫藤不开花，他闷闷不乐。台风前，他忍痛把殷红的玫瑰剪下来，插在玻璃杯里。夏天的夜晚，也会摘几朵栀子花放在她案头。

女人喜欢花，但活泼而喜欢社交的她，对一些细微的事很不耐烦。男人在家，她从来不给花浇水；男人出差了，千嘱咐万叮咛，要她给花浇水。偶尔浇水时，女人的裙子被玫瑰花刺勾破，脚上被蚊子咬了好几口，那遍地的藤蔓还绊得她差点摔跤。她就不明白，男人为什么日复一日有那份耐心种花。

露台上的金银花开了一次又一次。繁密的花枝间，居然有鸟来做巢。"上边有只鸟，你不许吓它！"男人得意扬扬地说。于是，女人去看，果然，一只雌鸟伏在那里，看到她一惊，飞到对面的屋顶，但一直注视着她，不曾离开。女人端过凳子站上去一看，有一窝鸟蛋。鸟妈妈在孵小鸟呢。于是，她走开了，过了会儿鸟妈妈又飞回来了。

就这样过了十多天，初春，一个雨夜，他们上去看，鸟妈妈一动不动，看见人靠近，也不飞离。可第二天，它却不在了。女人端了凳子上去看，原来，刚孵出的小鸟都被冻死了。鸟妈妈是太伤心，所以离去了。男人和女人都很难过。他们太缺乏经验了，如果给鸟巢边放些绒布和草就好了。后来，本来誓做丁克族的他们改变了主意，想要一个孩子，并且约定，如果有了孩子，一定要尽力呵护。

　　但女人还是很困惑，为什么男人迷上了养花。她问过原因，可男人总是顾左右而言他。有一天，男人洗澡去了。她看到男人桌上的手机有一条信息过来，虽然她从不看他的手机，这次却无意中看到了。短信是这么写的：顾医生，我的弟弟昨天走了。他很感谢您，因为您的治疗和鼓励，他多拥有了五年的时光。他说，每次朋友圈看到他送的金银花开得那么灿烂，就心情大好。以后，金银花开的时候，他一定会在天堂那头看着，为您和您的家人祝福！

　　女人扳指算算，露台上种的最早的金银花，确实已经五年了。

窗外的风景

　　春末，我三爹出院回家。他在医院的病床上躺了一年，一点都动弹不了，从春天到春天。现在，他还不能自行下楼，只能拄着拐杖，在室内走动。每一次我来，他都伫立在窗口，久久凝视着窗外。窗外是司空见惯的绿地。

　　有一天，我带来一盆花，放在窗台。

　　我父亲有兄弟三个，父亲是老二，三爹是老三。江城这么称呼父亲的兄弟。父亲的哥哥，也就是大爹已经去世，父亲的弟弟，也就是三爹，大半生病病殃殃，一直未婚。

　　我对花卉没什么研究，只是觉得三爹的窗台空寂。三爹似乎对花有兴趣，他会俯下身，凑近花朵，闻一闻。不知打哪儿飞来的几只蜜蜂，也被花儿吸引，嗡嗡地叫着。

三爹给我讲了相处一年的一位病友，姓赵，四十多岁。住院时，三爹的病床靠门，他的病床临窗。

病友每一天跟现在的三爹一样，只不过坐着，端详着窗外的风景。

三爹被困在病床上。那是春天，他能闻到花香，甚至有一对蝴蝶在窗口翩翩起舞，但不飞进来。

可能是病友感受到了三爹的愿望，那一天，病友开始讲述窗外的风景，树枝的嫩芽，草地的花朵，当然，还说到蝴蝶，所说的蝴蝶跟出现在窗口的蝴蝶颜色不一样，他说是黑蝴蝶，三爹所见的是花蝴蝶。

那以后，病友每一天都说窗外的风景，包括一只鸟儿，一个小孩，一阵风，都不放过。

三爹也能感受到夏日清凉的风，吹得树叶欢呼。

病友说："你听见荷花绽放的声音了吗？"那是一个无风的早晨。三爹笑了，说："花开还有声音？"病友说："我听见了。"

秋天，病友说到红枫，由此引发开去，说到家乡漫山遍野的红枫。他的家在山区的一个小镇。

三爹说，病友描述得十分精确，他甚至能够通过病友的描述，"看到"窗外风景的色彩、形状……世间的万物多么美妙！

病友还说起过一片叶子，像一只蝴蝶一样，坠落在绿色的草丛中。那是一片红得像火一样的叶子。他还描述荷花惨败的情景，东倒西歪，他说："其实这是最美的时刻，因为，白白胖胖的藕已在荷塘的泥里了。"

三爹想起昨夜，风风雨雨，闹腾了一夜，难怪荷花的叶梗会东倒西歪。

入冬，窗户关了。只是中午开一小会儿。他看见风拂动着病友稀疏的头发。病友讲述午间窗外的风景，池塘里结了薄冰，在阳光下反射着脆弱的白光。

三爹似乎感到了冰的寒意。

然后，降雪。病友描述窗外纷纷扬扬的雪花，似乎在他的眼里，每一朵雪花都不一样。有的雪花一嘟噜，他说："还来不及分开，就落下来了。"

一片寂静。三爹能想象得到，雪花一层层地叠加，压住了所有的颜色，一律变成白色了。突然，他还听见了一个小男孩的笑声。

病友说："两个小孩在堆雪人。"

随即，传来一个小女孩的笑声。三爹想起了童年，那时候，他有多少幻想啊。可是，现在他却是孑然一身。

病友一连数日，都给三爹说雪人的情况。病友是唯一关注并传报雪人信息的人。

雪人融化了。然后，三爹闻到春天的气息，只是花朵还没开放。

一个早晨，病友没有照常起来，那一把床边的椅子空着。

病友患的是糖尿病，已多年。护士告诉我三爹，其实，这位病人，入住时已经双目失明——糖尿病晚期。

三爹住院卧床不起的一年，病友差不多是他的眼睛。他一直以为通过病友的眼睛在观赏窗外的风景。

怪不得，我接三爹出院，他特地让我把轮椅推到窗前那片草地，在花朵前停留片刻。

三爹说："花朵在哈气。"

我走近绽开的花朵，花朵像喇叭，我感到一阵寒气，似乎花朵把一冬的寒气都含在里面，现在吐了出来，还带着淡淡的香。我对几位文友提起过哈出寒气的花朵这个平常的奇迹。

跑龙套

　　县城的剧团一来，我们的村庄就像过年。那年，恰逢我十岁的生日。长那么大，我还没走出过村庄呢。奶奶说："这戏就好像给你来庆生了。"

　　我第一次看见那么多陌生的面孔。他们有的是剧团的人，男的穿着中山装，女的穿着花衬衫和裙子，他们真好看，就像画里的人一样。还有些是邻村的人，他们大都是我们村的亲戚，平时很少走动，有了戏，就赶来了。其中，还有颠着小脚、梳着抓髻的老太太。于是，好多人家都添了碗筷。也有人是提前吃了晚饭来的，赶七八里路，来了就搬个凳子，亲戚们一般都心照不宣，给他们备好了票。

　　戏票很紧张。本来只演两个晚上，不得不再加一个晚上。那时，没有电视，看戏，就是整个村庄最隆重、最集中的文化大事。我不懂戏，只是看热闹。我们村庄有个古戏台，那是我们常玩耍的地方。我们在那里玩两军对垒或拜堂成亲的游戏。现在，剧团来了，古戏台就"名副其实"了，因为演的是古装戏。古戏台前边，是个晒场（剧团人说是广场）。晒场周围恰好有几排老式宅院，院背朝着晒场，成了天然的围墙，构成了一个露天的"剧场"。

只有三张戏票。爷爷奶奶都是戏迷，特别喜欢看才子佳人的古装戏。当然，爸爸妈妈让了，可姐姐要看。爷爷发话了，当晚就让我去看，因为我正好过生日。

黄昏时分，奶奶拄着拐杖在家门口立着，像是在等什么客人。这时，剧团的演员已经上了一层妆，打着厚厚的粉底，眉眼都画过了。他们一个个从我家门前经过，其中一个演员，鼻子上一垛白，是个小花脸，真可爱，我多希望奶奶请他进来呀，可没有。还有一个，定是个"小姐"，多漂亮啊，漂亮得和年画里的人一样，奶奶犹豫了一下，还是没叫住她。他们一个个经过我家的门前，走不多远，就被附近的邻居招呼进了家门。终于，有一个长得好看的后生来了，他还摸出一张戏票，朝奶奶晃了晃，奶奶就热情地请他进门，甚至，奶奶叫出了戏文里的那个"才子"的名字，好像把古代的"才子"迎进了我们家。

"才子"进来后，奶奶让他"上座"——那座位，向来是专属于爷爷的。于是，晚饭开始。我明白了，原来，奶奶刚才就等着这戏里的主角。预先，村里就宣布，剧团演员到各家各户吃饭，而且，规定一顿饭收多少粮票和现金。我只记得一个人的饭钱相当于一张戏票的钱（包括粮票）。每家的大人都在迎接自己喜欢的戏里的角色，而且，争迎主角。我们家的位置，照爸爸的说法，是进水口，所有的人到村里，最先经过的是我家。奶奶挑选的余地很大。村里就这么一条街，东西走向，到了西边的街屋，接进家里，就只剩一些个子矮小、长得不怎么样的演员了。

奶奶探过底，一般演员吃了饭，直接付现金、粮票。但是，主角手里有戏票可抵饭钱，剧团内部给他们"面子"，每个主角都有一张特别的戏票，表明演员的身份、地位。

那天吃饭，我们家特地杀了一只土鸡，上了自家酿的米酒。我担心那个"才子"喝了酒，会不会醉倒在戏台上呢？没想到，他的酒量真大，来者不拒。连不喝酒的奶奶也向他敬酒，妈妈还叫我以茶代酒，去敬了"才子"。

我悄悄问奶奶，戏文里的"才子"也要喝那么多的酒吗？"才子"接过话，说："一滴都不喝，只是装样子。可是，你们家的酒味道真好。"

天色暗下来，"才子"一副酒足饭饱的样子。他从中山装贴胸的内袋里，用手指头夹出那张戏票，递给奶奶，还说："要找零头吗？"原来，他的票子上写着"一家人"，那么，就意味着一家三口可以去看，我们该补足他钱。爸爸在袋子里掏钱，奶奶对他说："不用找了。"转而对"才子"说："你认了这个门，接下来的两天，晚饭都来我家吃。我们天天给你倒米酒。"

那天，我去看戏。我不懂戏里的人在唱什么，反正"才子佳人"黏黏糊糊。我发现，来我家吃饭的"才子"上了戏台，好像瘦了，高了。演了半场我居然趴在爷爷肩头睡着了，爷爷说可惜了那戏票。

接下来的两顿晚饭，"才子"仍然来我家吃。奶奶还是那么客气，跟他聊天、聊戏。

第四天早晨，剧团卸道具，装箱子，每个演员都已经卸了妆。

有个装箱的年轻人，说："小朋友，你不认识我了吧？"

我看着他的脸，像来我家的"才子"，但不敢肯定。

"这三天我都在你家吃饭呀。"他说。

"你一上戏台，怎么就瘦了高了？"我问。

他说："你记不记得开场提着灯笼探路的角色？"

我说："就是只打灯笼，一句也没唱的？"

他指着自己的脸，另一只手做出打灯笼的姿势，说："那叫跑龙套。"

我说："原来你不是'才子'啊？"

他说："才子不是也要挨我的板子吗？"

是的，戏里好像那个"才子"被冤屈了，被官老爷喝令打屁股。

戏团离开村庄，奶奶终于透露，吃第二顿晚饭时，她就知道，那个付了"一家人"戏票的人，不是戏中的"才子"。奶奶还看出他是那个跑龙套的小角色，但是，没有点穿，照样客气。

奶奶说："那碗饭不好端，谁都想当主角，可是，主角只有一二个。"过了会儿，奶奶似乎又自言自语地说，"奇怪，他怎么有'一家人'的票呢？"

十多年后，我大学毕业，在县城报社工作。一天，我到剧团采访，居然碰到了来我家吃饭的那位叔叔。说起当年的事，他说，当时，他和团长关系特好，他向团长讨票，团长给了他。"我呀，还在跑龙套。"他说，脸上，是豁达的笑。

奶奶手里的鱼

她看见了血，然后感到了疼。

菜刀、萝卜、手指，各司其职，灵巧而欢快地忙乎着。菜刀起起落落，萝卜片片叠叠。菜刀的一侧是手指，突然，白白的萝卜绽开红红的花瓣，是切片的萝卜冒出血花。

她举起手，食指正往外涌血。她见了血就头晕。怎么会呢？可能是她惦记着锅里的饭是不是香了，可能是幻觉田间的小道上出现了收工回家的丈夫。

她抓了一把灶里的草灰，敷在张开了一片的伤口上，撕了一条旧布缠绕上，很快，殷红的血渗出，就像春天渗出土地的雨水。她坐在灶膛前，压火，焖饭，火慢慢隐入灰中。像耗尽了精神，她靠在矮矮的竹椅上，看着那幽暗的一星火，四肢乏力，头昏欲睡。

一声呵斥惊醒了她，她闻到一股泥土的气息。他站在她身边。她仰脸望，只见他的嘴，像渴极了一张一张的，再往上看，呀，横着眉瞪着眼呢。多好的天气，没想到，新婚不到一年的丈夫翻脸那么快，他阴着脸，骂骂咧咧。她的耳畔嗡嗡响，似乎进了花地，周遭是无数的蜜蜂在飞……她抬起手，像举起一面小旗，"旗杆"上缠着布。

她的声音像蚊子，说："不能沾水。"

他说："我在地里出了半天汗，你连烧个饭也烧不好？！"

她终于听清了。之前，她只看见他的表情、动作。

他挥起蒲扇一样的手，她听见响声，然后眼冒金星，脸上发麻。

她站了起来，滞后地哭了，说："这个家里，哪一样不是我在收拾，你敢动手，我活得也没意思了。"

他指指门，说："门外有池塘，等着你呢，去，赶紧去呀！"

荷叶上有一只青蛙，见她跑过来，"扑通"跳进水中，一圈圈的涟漪，还没消失，她似乎模仿，也跳了进去。多少次来池塘汲水，她总是望着荷叶上的青蛙发愣，它们那么小，声音却那么大。

池塘出现巨大的水花，激荡着漂浮的荷叶。

不同方向的门，都传出了呼喊声："有人投塘了，有人投塘了。"

他风一般赶往池塘，边跑边脱，衣、鞋被甩在一边。

水已淹没了她。荷叶摆动着，中间亮晶晶的水珠在滚动、变形。幸亏有一只手伸出水面，其中，一个手指——缠着布条的手指，直直地竖立出水面。

池塘不深，他知道，一定是她的双腿没立住。他在水里走，水没过胸。荷叶向两边让开，似乎害怕受伤似的。

那一个手指，仿佛在示意：我在这里！

他双手探入水中，抱起湿漉漉的她。

她的食指仍举着，好像举着胜利的旗帜。

他穿过人群。有人说："当年，他接新娘，也是这么抱着呢。"

顺手关了院门，他给她脱了衣服，擦干身体，放进被窝。

他说："我说说的，你怎么真的投塘呀，让人看热闹。"

她说："不是你逼的我吗？我就做给你看，你这没良心的东西，也不来拦着。"

他笑了，说："池塘不深。"

她说："好像很深。"

他说："你把左手……特别是食指高举出水面，是在求救，能让人发现你在哪里吧？"

多年后，左手的食指留下疤痕，白白的一条"细虫"，像鱼鳃。有一回，她逗小孙子玩耍，把手指浸入水盆中，像一条鱼在悠然地游。孙子说："奶奶手里的鱼！"

于是，池塘的记忆，如鱼浮出水面一样，她仍然清晰地记得，第一次看见丈夫那嬉皮笑脸的样子，当时，她躺在被窝里，举起缠着布的食指说："难道你不知道？手指被菜刀切伤了，浸了水，会发炎，会烂？"

桂花龙井

青花瓷的茶罐已经见底，掺着桂花的茶叶所剩无几。

他泡了最后一杯。茶的清香和桂花的芳醇使他的五脏六腑就像被熨过一样，整个人神清气爽。他用茶雾熏着眼睛，脑海里却出现了她的脸。那个邻家腼腆的少女，那个风姿绰约的妇人。他在外访学，回来已经一个星期了，在外的日子，他一直都在思念她。

"茶叶没了？你打电话给雯雯，再去问她要两罐。"妻子淡淡地说。"主动去要，不好意思吧？"他说。"她每年这时候都给你备着，只是今年你去外面了。去吧，除了桂花龙井，其他的茶都不合你的意。"妻子说着，深深地看了他一眼。

他有些心虚。妻子什么都不说，也什么都不问，唯其如此，他感到更加愧疚。他知道，雯雯一定也在那儿苦苦地思念他。偶尔，雯雯打电话给他，都是有一搭没一搭地说事。他们只是通过电话来感受彼此。

妻子很喜欢看他的手机。十多年前，妻子下岗了，妻子是一个精明能干的女人，她善理财，炒股赚了不少钱。妻子的贤惠是出了名的。帮他照顾父母，家里所有的事都是她一手操办。在家里不用他洗一只碗，把他伺候得舒舒服服的。他很顺利地晋职，评上教授，有丰硕的科研成果，这都离不开妻子。其实，像他这年纪的，婚姻都是十有八九不如意的。他的一些朋友、同事要么离婚，要么将就着过。年轻时，知识分子不受待见，找不到心仪的对象，现在遇到了好时代，但都无奈地老了。妻子虽然学历低，却是一个聪慧的识大体的女人。妻子总是说她的朋友圈很小，而他认识的人多，所以，把他的微信朋友圈当作各色新闻看。其实，她是用这种方法在管束他。他心正不怕影子歪，任她看。有时候，也有女学生给他信息，撒娇着要求给个好成绩，妻子都代他巧妙回复了。

只是，那一次邂逅雯雯后，他开始提心吊胆，虽然他暗示过雯雯，妻子经常翻他的手机。那天，雯雯给他发了一个亲吻的表情，妻子看到后，马上说："雯雯怎么会给你发这种表情？""这个表情现在年轻人都很常用，表示友好啊。"他说，但是，他有点心虚。后来，他跟雯雯说了，雯雯越加谨慎，连信息也不太发了。

雯雯是邻居家的女孩。他记得自己结婚那年，雯雯还只有六岁，好奇地用手来摸新娘的裙角呢。后来，雯雯渐渐长成一个少女了。每次他回老家，雯雯见了他就脸红，不自然。他觉得是女孩子怕羞。雯雯大学毕业也分配在他工作的城市，在一家报社工作。后来结婚生子。那次，他回老家，雯雯因为拍摄采茶的照片，也在。晚上，她约他去她家喝茶。他们老家盛产龙井，雯雯的爸爸就是茶农。那天，雯雯的父母去小作坊炒茶了，院子里就他两人。梨花院落，月色溶溶，带着暖意的春风吹来，是温润得让人情思荡漾的夜晚。一杯清茶，谈兴甚浓，渐渐的雯雯的目光就迷离起来。雯雯说其实她在女孩子时，就暗恋英俊倜傥学问又好的叔叔，他就是她少女时的一个梦，但是，他们是平行线，永远不可能相交。他看到她晶亮的眼睛，看着她羞涩少女般的神态，他无法不动心，他抱了她。从此，每年春天的约会就成了他俩的秘密。她总说是请他去品新茶。每次回家，他都会带回两罐茶叶。

后来，雯雯和她妈妈开始做桂花龙井。老家院子里有棵丹桂，每年秋天她把花轻轻摇下来，清洗、沥干、微波炉里烘，然后和茶叶一层一层地拌均匀。茶味和花香，将春天和秋天融合在了一起。桂花龙井做好了，她打电话，让他去取，他们只能通过这样的形式见面。他单位和家里两点一线，除了有时去开学术会议，一年中他所有的行动、应酬，都在妻子的掌握之中。有一次，他跟妻子撒谎说和雯雯等老乡一起聚会，但是，才九点，妻子就短信来催了。"你的血脂高，要吃清淡，早休息。"妻子的理由非常得体。

一年又一年，他越来越觉得自己进入了生命的秋天。儿女都已经飞出去了，难得回来。读书，做学问，圈子越来越小，想见的人越来越少，想吃的东西越来越稀，而唯一让他牵怀的就是品这桂花龙井。

"去吧，去拿两罐桂花龙井。女儿给我买的化妆品，你送一套去。老喝人家的，也该还个礼。"妻子说。

紫笋茶和野蔷薇

明天就是大年三十了。窗外，雨夹雪，很大。他不自觉地打了个寒噤。但是，想着这个知识点若不查清楚，接下去的研究就无法开展，一耽搁就得春节之后，他还是穿上了那件旧旧的羽毛往外钻的羽绒服，向图书馆走去。雪被雨融化，路滑难行，雪水混合着泥浆渗入皮鞋中，脚冷如冰。他小心翼翼，终于到了图书馆。馆内寥寥数人，他很快进入状态。查完资料，走出图书馆时，已是薄暮。他背着包，打着伞，眼睛又高度近视。一辆疾驰的电动车擦肩而过，他小腿上的一块皮被飞速削去，火辣辣地疼。

回到家，他烧了水，泡上一杯紫笋茶，顿时，身子暖和起来。清醇的茶香让他忘了疲惫。他又胡乱吃了一点方便食品，看了一沓资料，破例早早上了床。天寒岁末，是最容易惆怅的时候。很快，他进入了梦乡。梦中，是春天的山野，茶岭翻涌着绿浪。一个男孩和女孩在采茶。"紫者上，绿者次；笋者上，芽者次。"他们背着《茶经》中关于紫笋茶的句子，把一个个嫩芽放入竹筐中。恍惚中，又似乎初夏，一大片野蔷薇，深深浅浅的红，风中是流蜜的浓郁的香气。白色的蝴蝶在蹁跹起舞，蜜蜂嗡嗡地叫着，一切美得让人晕眩。男孩将一茎茎蔷薇花采摘下来，递给女孩。突然，他的小腿被匍匐的蔷薇花枝勾了一下，热辣辣地疼……

他痛醒了。他的心也无以名状地痛起来了。

他五十多岁还孑然一身。除了外出进行学术交流，学校、家、图书馆，永远三点一线。他很节省，对他来说，最奢侈的事就是每天都要喝紫笋茶。这紫笋茶，史上可是皇家贡茶。在家里，他用玻璃杯泡，边写作边喝茶，累了，就看杯里的茶。看着碧色的茶汤和兰花般舒展的叶子，心就澄净起来。如果外出，他必定带上一个很大的保温杯，装上茶汤。

有人赞誉他是地方文化的"活字典"，他则调侃自己是"埋在故纸堆里的人"。几十年，他穿梭于各类文献之中，不断地查证、写作，著作等身。众人眼里他就一夫子，不近女色。但是，他的研究生们会注意到一个细节。春末夏初，路过爬满蔷薇花的墙，导师总会凝神细看，而且，他的玻璃杯里，偶尔会插几朵蔷薇。

他爱着一个叫蔷薇的女人。她曾是他的邻家小妹，他们一起采茶、摘花、找野果吃，真正是两小无猜。

后来，他们上了学。他内向，沉默寡言，而且头大，身子小，常被同学们戏称"小萝卜头"；而她，长得俊俏且活泼开朗，口齿伶俐。年岁渐长，少男少女们萌发了朦胧的情愫，她是很多男生暗恋的对象；而他，越来越自卑、腼腆，两个人开始疏远起来。

初中毕业，蔷薇考上了艺校，他继续读高中。后来，蔷薇进了市里的宣传队，而他，由于运动读不成书了。当蔷薇在舞台上光华四射时，他在故乡的山岭里采茶、干粗活。他们，完全是两个世界的人了。蔷薇偶尔回家，他只是远远地看上一眼。庆幸的是，高考恢复后他考上了大学；而蔷薇此时嫁做人妇，是一高干子弟，并顺利地调到了省城的剧团。

至于后来，他是听老家人说的，蔷薇的丈夫用情不专，她一气之下就离了婚。研究生毕业后，他本可以留校，但执意到老家省城的一所大学求职。他终于和她在同一个城市了。此时的蔷薇，顶着"才女美女"的头衔，演戏、编剧，还自己当导演，在圈子里混得风生水起。一个风情万种的单身女人，桃花不断。她爱慕的，都非等闲之辈，但都给不了她婚姻。她聪慧但失之浮夸，痴情却总不能成正果。他仍然爱她，这朵娇艳的蔷薇早就把柔情和刺都深深植在他心里了。她呢，赏识他的才华，感动于他的专情，但把他和那些风流倜傥、谈吐俊雅的男友们一比，心中的潮水就落了下去。也就是那以后，他一头扎进"故纸堆"，日复一日，他坐冷板凳，啃一本本书，起初只是抵御那种心痛、落寞的感觉，后来就沉迷其中。

一个梦，让他不安起来。多少年了，在同一个城市，他们难得见面。之前，他听朋友说她病了。新春的第二天，他决定去看她。他打了一个电话，电话里她悲喜交集，声音哽咽。他去时，她勉强从病床上坐起来。她形容枯槁、弱不禁风，和以往判若两人。他带去了紫笋茶。当一杯热茶递到她手上时，氤氲的茶雾中，她的脸有了光泽。她和他聊天，说到激动处，手一颤抖，茶倒了出来，湿了他的裤管。当他撩起裤管，她发现了那个伤疤，因蔷薇花枝而留下的伤疤。童年的那一幕又出现在她脑海里。眼前的男人，经历了岁月的磨砺，从容、刚毅，浑身都是一股书卷味。而她，繁花散尽后终于彻悟。

后来他又专门研究陆羽和他的《茶经》。他读到野史中关于茶圣陆羽和风流女冠李季兰交往的记载，还有六岁时李季兰作的《咏蔷薇》。他们是青梅竹马的恋人？是知交好友？没有一个明确的答案。

"现在，穿越剧很流行。你说，我们是不是陆羽和李季兰穿越而来？"一天，他揽着她，轻轻问她。

最佳搭档

　　青生和芳兰，是剧团里的"金童玉女"。打小就是百里挑一进的剧团。到了青春年华，一个，娉娉婷婷，一个，玉树临风。在戏里，一个是张生，一个就是崔莺莺；一个是梁山伯，一个就是祝英台；一个是卖油郎，另一个就是花魁女。真正一对璧人！戏下了常有人开他们玩笑。玩笑开多了，他们在台上表演时，真的有点恍恍惚惚起来。

　　化妆师雨柔，一直暗恋着青生。每次给青生化妆，都格外的细致。她给青生上油彩，画眉眼，闻到青生身上的气息，那少女的心就酥酥麻麻、缠缠绵绵的。对此，青生也不是没有察觉。但是，青生眼里只有芳兰。演员，对观众来说好像在高高的云端。其实，他们的生活挺单调、封闭的，除了排练就是演出。"近水楼台先得月",青生追芳兰,这一路都很顺利。

金童玉女终于成双。台上台下,形影相随,如胶似漆。人们眼中,他们就是一对最佳搭档。

婚后,芳兰在艺术上一路攀升。随着一位前辈名旦的功成身退,她就成了剧团的顶梁柱。剧团经常要去外面演出,那时条件艰苦,很多时候就在剧场里搭铺休息。青生把被铺一放,想,芳兰是他的女人,就应该给他架好床铺好被。可是,团长来了,示意他去那头给芳兰搭铺。江城的剧种中旦角地位一直高于生角,何况此时芳兰正红得发紫。

每次一谢幕,芳兰就被观众团团围住。青生到外面去,戏迷看到他,就说"瞧,那是芳兰的丈夫。"每当这时候,青生觉得浑身不自在。

"我渴了,给我倒杯水来。"刚演完对手戏,转到幕后,青生说。这时,芳兰满身大汗,累得动都不想动,没搭理他。雨柔见状,连忙去给他们倒了两杯茶过来。

还有一次,青生下了台。芳兰说:"你怎么老浮在表面,演戏要走内心。"青生听了,脸色一下子青了。

"男演员里,你是最棒的。"雨柔在无人时悄悄安慰青生。

最让青生不安的是,总有男戏迷来找芳兰。他们送花送礼物要签名,有时候,还开车送芳兰回家。其实青生也不缺戏迷,只是,女戏迷总归含蓄一点。于是,青生心里,就像有几茎野草在疯长,又像有一勺醋在搅动。

省里的领导来观摩新剧，戏下了领导让团长叫上芳兰一起吃夜宵，以表慰问。一来二去就回来得晚。那天，青生提前回来，看着孩子在灯下捏着铅笔睡着了，心里一股子气就上来了。

芳兰，她就像一朵华光四射的牡丹，让她身后的青生黯然、郁闷、憋屈。而青生最平静、舒畅的时候，就是化妆的那一刻。雨柔轻柔地给他涂抹、描画。粉拍和刷子在他脸上轻轻地摩挲，就像有一把无形的熨斗把他起了褶皱的心给熨平了。"小柔，这么多年你为啥不成个家？"终于有一天，他抓住了雨柔的手问。

芳兰是最后一个知道青生和雨柔的事的。这个骄傲的女人选择了沉默。两人开始日复一日的冷战，台上搭档，台下形同陌路，不说一句话。团长看出了端倪，尽量不让他们演对手戏。终于有一天，青生提出离婚。芳兰的心跌入深渊。她不明白，自己那么美那么出众，也无过错，青生怎么就移情别恋。那年月离婚对女人来说是奇耻大辱。离婚后长长的一段日子，她怕见人，怕上班。不到排练前最后一刻，她决不到场；戏下了，她从边门悄悄离开匆匆回家。有一次，团里演《霓虹灯下的哨兵》，安排她演春妮，青生演陈喜，这时，从不撂挑子的芳兰甩了一句话"我不演，我受不了"。

剧团里的人都为芳兰抱不平，即使是嫉妒她的女同事，在这件事上无一不偏向芳兰。萎靡一阵子后，芳兰打起了精神。她全身心投入表演艺术。她持续地红，红了一辈子。在台上她永远那么靓，那么光彩夺目。一般的女演员到一定年龄，和同辈的男演员都演的是母子或姐弟，可是，芳兰五十多岁仍然演少女，还跟今天所说的"小鲜肉"搭档。离婚后她还学会了化妆，每次演出都自己化妆。

只是，芳兰带着女儿，和父母住一起，她再也没有嫁人。

芳兰退休前，剧团要她灌制一张唱片。可是，让谁来配唱呢？想了又想，男演员中唱得最好的就是青生。可是，因为离婚，也因为没有了合适的搭档，他早已从台前转到了幕后，做些后勤工作。离异后，她第一次上门去找青生，她做好被拒绝的准备。没想到，青生答应得很爽快，雨柔也很客气。

他俩单独去省文化艺术中心录制。录制间隙，谈的都是女儿的事。青生还想说什么，但最终没有。每次录好音，各自去散步。

这是他们一生中最后一次搭档。青生看着那仍然苗条的背影，其实，他想说的是：在艺术上，他们还是最佳搭档。

村里第一个穿裙子的女孩

　　1980年的夏天，酷暑，狗都热得吐舌头，我却忙着串门，从这家的葡萄架穿到那家的丝瓜架，脚下，不时被南瓜藤缠绕，不时有热浪夹着青草被烤得香味阵阵袭来。我要挨个去看那一年未曾见面的小伙伴以及村里的男女老少。

　　从一家丝瓜架下穿过，我听到一个清脆的声音在喊："英子，过来！"

　　原来是陈金莲。她在堂檐纺石棉。她下了纺车，端了椅子让我坐，转身去井里打水洗手，还吊上一个被井水镇了半天的"菜瓜"，然后，一拳砸向菜瓜，脆脆的瓜马上裂成两半。她抠去瓜子，递一半，让我吃。"英子，你快讲点城里的事给我听！"

这个陈金莲，比我大十岁，也不沾亲带故，但是，自从我去父亲工作的城市读书后，暑假回来她对我就分外的客气。于是，我边吃瓜，边给她讲，城里用自来水，城里人很多吃单位食堂。食堂里各种点心都有，包子、花卷、发糕，还有面包、蛋糕。

"城里女人都穿裙子吗？"她问。

"穿呀。老太太和小女孩都穿裙子，她们有的还戴墨镜。"我说。

她的眼睛落在了我的小花裙上。

"英子，你跟我来！"陈金莲把我带进她的睡房。虽然家里人都不在，她还是锁上了房门。她从箱子底里拿出了一条裙子，苹果绿小碎花的。她先套上裙子，然后脱下长裤，转了一圈，那没膝的裙子像花一样绽开。我看到她那光洁的白生生的一截小腿。"英子，好看吗？"她问。我真心觉得好看。其实，陈金莲长得很漂亮，粗粗的辫子，黑葡萄一样的眼睛，高高隆起的胸脯，这一切都让一个小女孩盼着自己也快快长大。

"那好，明天晚上，天黑时，你穿着裙子，早点站在那棵路口的皂角树下好不好？到时，我穿着裙子过来，你一定要看着我。"她说。

我很奇怪，这算啥事呀？那棵皂角树，村民们晚上就在那里乘凉的，我也常跟我妈妈一起坐那边的。

第二天，我按照她的话做了。白天的暑热退了，人们都围过来了。在大树下，一边谈天，一边摇着蒲扇。也有来来往往的人。有的去村干部家的院子里看电视，那黑白电视，经常飘雪花，大家还是看得津津有味，有的就着凉风去游荡。

突然，乘凉的人都伸长了脖子。一个穿着裙子袅娜的身影正由远至近。清风吹起，那裙裾就像荷叶一样摆动，而那个陈金莲，她就昂着头挺着胸过来了。

"这不是陈家的丫头吗？真不像话，穿起裙子来了，伤风败俗！"已经有几位中年男人发话了。而一些后生则轻佻地吹起了口哨，那些妇女们更是鄙薄"眼戳刺！""眼戳刺！"地叫着。一位老太太，好像是陈家门的老祖宗，踮着一双小脚，鼓着劲儿厉声道："这丫头不像话，明天我去把她的裙子给剪了。"可不管怎样，在村人的议论和异样的目光中，陈金莲看着我，勇敢地走了过去。当她的身影远了，快隐入黑暗时，我看到一个痞里痞气的后生，经过她身边，顺势捏了一下她的大腿，她则狠狠挥去一拳。

我被眼前的一切惊得目瞪口呆，就像吞了一只苍蝇。回家我问妈妈，为什么这村里的男女说话调笑肆无忌惮，但女孩穿条裙子就犯了大忌？而且，傍晚女人们从地头收工回来，在河埠头洗脚，裤腿卷得老高的，比穿长裙露出一截小腿肚要厉害多了。妈妈说那是在农村。"我也穿着裙子呀，他们怎么都对我客客气气的？"我问。妈妈说因为你是个孩子，而且，你是城里的孩子。

我很关心的是那个小脚的老太太到底有没有拿着剪刀去

绞陈金莲的花裙子，结果大概是没有。只是，后来陈金莲的裙子，被她那老实巴交的男友给剪了。因为这，陈金莲死也不肯嫁给他了。后来，陈金莲又穿上了另一条裙子。过了两天，村西有位姑娘，也穿了裙子出来。后来，穿裙子的女孩越来越多了，大家也不知道该去骂哪一个了。

有人说，陈金莲穿裙子，其实早有预谋，因为，她那条裙子就是她的堂妹，小脚老太太的嫡亲孙女，学裁缝的阿花做的，而且，村里女孩的裙子，式样都一样，想必都出自阿花之手。她们一起做的裙子，已经藏了一阵子了。

多少年后，一次我回故乡，听陈金莲跟阿花在说："你说现在的女孩咋回事，裙子越穿越短？""老姐姐，以前呀，她们让我做裙子，我都做能盖住膝盖的。可是，现在她们根本不要我做，都直接去店里买了。""年轻人，就由她们去吧。"陈金莲说。说着，她的目光，投向了路口的那棵皂角树。

做戏衣的女人

青灵打小就是个戏迷。

青灵的爸爸是市越剧团的团长。小时候，经常带她去看戏，也看排演。青灵觉得最神奇的是，初排时，演员们身着便装，在那里做各种动作、手势，滑稽极了。但正式开演了，穿上戏服，一个个人物栩栩如生。那服饰，特别是旦角的服饰，好看极了，或清丽淡雅或花团锦簇，珠围翠绕，在灯光下熠熠闪光。水袖一舞，灿如仙子。

凡是传统戏，不论哪个剧种，不论剧情精彩与否，不论演员演得好还是不好，她都能看到底。她就是喜欢看那些着戏衣的人。

青灵想学戏，她的天分不错，能唱能演。可是，爸爸清楚，她学戏，肯定没出路。为什么？因为，青灵不像妈妈，柳叶眉、杏仁眼，青灵像爸爸，粗眉毛、小眼睛、大盘脸。爸爸不明说，只说你要学戏，就扮丑角或者扮老生老旦。青灵一听，难过极了，她才不要扮丑扮老呢，她就喜欢小生花旦，喜欢漂亮衣服。

爸爸的剧团常年都在一家龙凤戏衣秀袍店做衣服。这店很有名，中华人民共和国成立前徐玉兰、筱丹桂、毕春芳在天然舞台演出时还在他们家定制过戏服呢。妈妈的单位就在那家店旁边，妈妈经常顺路把衣服带来。

每次一看戏服，她就爱不释手。趁爸爸妈妈不在，她在房间里偷偷地穿旦角的戏衣。她在头上扎一根带子，把偷摘来的鲜花和平时戴的头花都插在头发上，然后看镜中的自己。啊，衣服太好看了！可是，镜中的那张脸，还是小眼睛、粗眉毛，于是，她的心，莫名地忧伤。

有一天，青灵跑到那家店，说是要拜那家的老爷子为师，学刺绣，学裁剪。"新社会了，拜什么师，再说是读书娃，你就业余时玩玩吧。"老爷子顾念青灵爸爸总照顾他的生意，有时就教她几招。青灵悟性好，学得快，高中时候，她已经能做整套的戏服了。而且，她还会自己穿珠子，剪绒花，做头饰呢。

高二那年，班级里要出一个节目，参加学校的文艺汇演。同学们提出让青灵演黛玉葬花。于是，青灵熬了几个夜晚，给自己做了一套戏服。青绿色的裙衫，缀着流苏的淡黄绣花云肩，一穿上，整个人如水葱一样。恍惚间，她觉得自己就是林妹妹，袅袅婷婷荷锄葬花。演出时，台下掌声如雷。但老师和同学私下惋惜：如果扮相再漂亮些就完美了。最后，节目得了"最佳服装奖"。

大学毕业后，青灵没听爸爸妈妈的话，去考公务员或事业编制，也不找工作，她去了龙凤戏衣秀袍店。那师傅很老了，子女没有一个继承他的衣钵的。龙凤秀袍戏衣，到他这一代眼看就要失传。当青灵出现在眼前时，老师傅心里一亮，从此，青灵正式成了他的传人。

青灵的微信号是"做戏服的女人"。她的生活，要么是看戏，要么是做戏衣。她做的衣服、头饰，美得炫目，美得让人心动。图片一发朋友圈，马上有人来订购。而她，完成一件，就忙着下一件了。针线很长，时光很快。转眼，青灵就成了一个"剩女"了。母亲都快急死了，但青灵呢，一副悠然的样子。母亲气得骂她："你高不成低不就，难道要嫁给戏中人？""我就是要嫁给戏中人！"青灵脆生生地甩出一句话。

一次，有一位"戏中人"来加青灵的微信，看到微信名青灵的心莫名地动了一下。这人是慕名来定制戏衣的。"他一定是个演员，演小生的，文戏武戏都演。""戏中人"从来不在朋友圈发信息，青灵就从他报来的尺寸和每次做的衣服上来判定。半年后，"戏中人"要做一件大靠。大靠，是武将出征穿的，这恰好是青灵的弱项。而那人说是要参加省戏剧节，临时换剧目，时间紧，无论如何要帮忙。青灵的师父已经不做戏服了，但他留了几套给儿孙和亲友作纪念。送给青灵的，恰好是一件大靠。师父说，青灵的戏衣，女装比男装好，文戏比武戏好。等青灵把大靠做好，她的技艺就成了。怎么办？师父留的那件，尺寸好像就是为他做的一样，那就借给他吧。为了表示诚意谢意，"戏中人"说这次不要快递，他上门来取。原来，"戏中人"就是本地剧种的顶梁柱，为了戏曲，将近四十了还没成家。

后来，"戏中人"得了戏剧节的优秀表演奖。

第二年的春天，青灵把自己嫁出去了，她终于嫁给了戏中人。

如今，她做的大靠，按师父的说法，是青出于蓝胜于蓝。

河上的男人

　　故事开始的时候，他还是一个男孩。

　　他的绰号叫"白条"，细细长长的个子，在水里像鱼儿一样敏捷。楝树花开，他就偷偷下河游泳。楝树花谢，他在河里从早泡到晚。嘴唇发紫，手脚肿胀，他还不肯上岸。母亲拿着长竹竿来催打，他一个猛子又潜游到河对岸去了。母亲气得直跺脚，连连喊"冤孽"。

　　可母亲也有欢喜的时候。他下河常常带一个脸盆，出水时就是一脸盆的螺蛳、河蚌，有时候还有河虾和河蟹。四婶那天打肥皂洗手，金戒指滑落到了河里，他扑通一声下去，在水里摸索一阵，就把戒指捞上来了。

　　家里兄弟多，他很早辍了学。除了偶尔去地头，他几乎都在河上。家里有一只带篷船，他整天划着船，在河道里上上下下。用网兜鱼，下河摸螺蛳，打捞河上漂浮的菜叶，他全部的生活内容就是这些。抓来的鱼和螺蛳，吃不完就送给邻居。他经常躺在船上过夜，望着满天的星光。有一年，河上漂来一条大蟒蛇的尸体，白花花的盘绕着甚是吓人，没有人敢去碰。他用铁耙把大蛇的尸体推到河塘边，挖了个深坑埋了。在这条河上，他救过溺水的小孩和老人，还抢捞过被台风刮走的东西。

整日漂在河上，二十多岁了还没有任何恋爱的迹象。他娘整日叹气，也托过媒人，但一到去相亲的时候，他就下船了。有一次他躲不了了，他救起一个落水的姑娘，姑娘上岸后，死活要嫁给他。姑娘的家人倒没有嫌弃，只是担忧：这个沉默寡言，一直在水上漂流的男人会让她过上好日子吗？一个月明星稀的夜晚，他吃了晚饭上船，突然愣住了，船上坐着个人，是她。

他们结婚了。结婚的第二晚，他又上了船。该不是小两口拌嘴吧？人们在猜测。日头当空时，人们听到他媳妇在岸上喊他吃饭。芦苇深处箭一样蹿出一条小船，直奔岸边。他上了岸，提了满满两桶鱼，鳞光闪闪。他的媳妇会打理，只拿出几条，其余的提到集市上去卖了，回来时满面春风。"鱼卖了好几个钱。"她对男人说。从此，他网鱼更加用心了。但他从不在一个地方网，遇到小鱼，他就放回去。几年过后，他们家的稻草房变成了瓦房。

可有一阵，他提回的鱼越来越少，后来，竟然空着手上了岸。"怎么了？"妻子问。"这水发黑了。可能是那家厂排出的污水。河上有死鱼漂上来。这河里的东西，不能吃了。今天我划了十多里，没有看到水清的地方。""房子的账还没还清呢。我们把鱼和螺蛳卖给贩子。城里人可喜欢吃野生的鱼了。"妻子说。可是，接下来很长一段时间里，他再也没有网鱼。他仍然在水上漂，他在拾纸盒子、塑料袋、易拉罐和可乐瓶。他知道，这条河就是他的家，他不能容忍家里有脏东西。他那精明的妻子，后来又把这些东西卖到了废品回收站。

一天，他喜洋洋地拎着鱼和螺蛳上岸，还叫妻子把另一张网补一补。"太阳打西边出来了。"女人一脸疑惑。"你不知道，现在河都重新整治了，这水又清了，这河里的鱼和螺蛳又能吃了。"他笑着，一脸灿烂。媳妇也高兴了，卖鱼比卖废品光彩多了。

一天，一位母亲带着女儿从岸上走过。母亲从口袋里掏东西，把一张百元大钞给带了出来。小女孩眼尖，弯腰去拾，一阵风，把钞票刮到了河里。钞票在河面上漂呀漂，母女俩眼巴巴看着，无从下手。这时，从不远处箭一样划过来一条小船。船上男人用一把长长的钳，一把夹起了纸钞。他上岸来，递给了小女孩。小女孩的妈妈摸出一张十元的钞票给他，男人笑笑，拒绝了。母亲和小女孩道了谢，往前走。走了好几步，却听见男人在后面喊。"莫非他反悔了？"母亲把手伸进袋里。没想到，那男人却跑上来，对小女孩说："你看，我的本事大不大？"小女孩奇怪地望着他。旁边的母亲用手蹭蹭小女孩的背，"说，叔叔本事真大。"小女孩照着说了。

于是，男人一脸灿烂。

接下来，男人一连几个夜晚没有下船。再接下来，说是男人的媳妇有了。这么多年后，他们终于有了孩子。现在，男人的媳妇总是指着她那花朵一样的女儿说："我喜欢男孩，可我们家的那个，说是要女孩。生女孩也好，可以天天在我跟前。"

梨花白

这世上，大部分的良善之人，不会咒别人死。当然，谋财害命者除外。但是，对于村里一个叫"梨花白"的人来说，就不一定了。

因为，他是给死人穿衣的。村里的老人们，在生前，就准备好了一套寿衣，专为以后赴阴曹地府时穿。入殓或者火化前这行头就得全副换上。那寿衣，往往是中式衣服，老太太的鞋子，还绣着繁密的花，和戏文里的一样。为了留在阳间的最后的印象，这衣服当然要穿得光鲜、体面，不能皱巴巴的。可是，死者的身体僵硬了，不好穿，而且亲人们穿，又怕眼泪掉在上面，怕逝者后世流泪烦忧。于是，就有了专门给死人穿衣的人。这钱好赚，以前二三百元，现在七八百元了，而且，主家还得给穿衣人好酒好烟地伺候着，伺候他也等于在给死者尽孝。

这村里能够给死人穿衣服的也就两人。有一人已经很老了，穿得不利索了，现在，有丧事的人家都来找"梨花白"，甚至，外村的人也慕名来请他。

"梨花白"眉清目秀，长得不赖。他爹娘去世得早，就剩下了他和弟弟两个。以前大家都穷，这两兄弟孤苦伶仃的日子更难过。平时，就种点庄稼，还给人家干点杂活。"梨花白"的弟弟，绰号叫"猫头鹰"，经常小偷小摸。比如别人家地里的瓜熟了，番薯可收了，他就半夜三更去偷，但是，绝对是东家偷一点，西家偷一点，匀开偷，偷瓜挑熟的，决不踩死瓜藤和生瓜蛋子。偷桃子常偷那种歪裂干瘪的，但不偷饱满丰润的。除了吃的，其他东西都不偷。日子长了，村里人知道是他，只是骂几声，也不怎么理论。因为昼伏夜出，就有了"猫头鹰"的绰号。起初，人们怀疑"梨花白"也参与了，但一天，有人经过他们破败的屋，漏风的墙里传出了"梨花白"的厉声呵斥："你我管不了了，但偷来的东西，我饿死也不吃！吃了，脏了手，怎么给死去的人穿衣？"有一次，人高马大的"猫头鹰"，在一个外乡人这里讹钱（按今天的话说就是"碰瓷"）。这时，"梨花白"赶来了，甩手就是一巴掌，"猫头鹰"就乖乖地跟着哥哥走了，从此再无此行径。

"梨花白"面庞白皙，空闲的日子，夏天，常穿一件雪白的纺绸衫，摇着一把折扇，很有点文化味。因为爱听说书，那三国、水浒、隋唐英雄传之类的，他熟了，乘凉时就讲给别人听。他讲得最生动的是"三请樊梨花"。凡此种种，就是他被叫"梨花白"的由来。要说他那双手，不仅白，而且巧。他穿寿衣，平整、妥帖，整个像被熨过一样。穿时，他戴上手套、口罩，那神情是凝重肃穆的，如在进行一项无比庄重的仪式。人们对他客气，也跟他聊天，但终究不会长谈，更不会深交，可能多少有点忌讳。

村里死人，对这家来说是噩耗，对"梨花白"来说无疑是个好日子。有一年夏天大热，村里的老人被生生热死的就有七八个。"这下可好，'梨花白'发财了。"村里人说。可是，"梨花白"的一大半钱都给了弟弟。"猫头鹰"就带着这笔钱和一位寡妇住在一起了，不久，四十多岁的寡妇，居然添了一个漂亮的女娃。

村西的一位孤老婆子，年岁高了，不知什么时候起她每晚都穿着寿衣睡。她怕自己有一天睡着睡着就醒不来了。她孤身一个，又没钱，没人给她穿寿衣的。你想，大热天捂着寿衣睡，不病也得捂出病来。后来，"梨花白"特地跑去，劝她："别担心，有我呢，我会给你穿寿衣的，我不要一分钱。"老婆婆顿时神清气爽，身体硬朗了不少。

但是，人们还是判断，"梨花白"一定每天盼着这村子死人。死了人他才有生意。特别是富户李三，就说过，人不为己天诛地灭，"梨花白"铁定盼着有人归天。李三因为自已带了好多种病在身上，当面对"梨花白"特客气："我说'梨花白'，我高血压心脏又不好，什么时候两眼一闭就去了，到时，你给我穿衣，我备了上十一，下九件，你一件件都要给我穿得齐整、舒服，我儿子一定给你双倍价。"

那天，李三从外面回来，天色已晚，抄近路走小道，走得急了点，突然感到晕眩、气闷，跌倒在路边。而这时，路边只有"梨花白"一人经过。"梨花白"二话不说，平时文质彬彬的他，咬破了李三的手指，然后背起李三狂奔，跑到附近的诊所。就这样，李三捡回了一条命。后来，人们再没说过他盼村里死人的话了。

年复一年，"梨花白"也老了，头发雪白了，但身子很硬朗，他孑然一身，仍然在给逝者穿衣。

那天，"猫头鹰"亭亭玉立的女儿，在梨花地里举着手机拍照。"梨花白"和"猫头鹰"打路边走过。"我说侄女，你别拍梨花了，拍我们吧。我们两个，头发也跟梨花一样白。"夕阳中，"梨花白"脸上的笑容很灿烂。可是，不知怎么随即黯淡了。他对弟弟说："我给那么多人穿了寿衣，谁又给我来穿呢？又有谁会像我这样把'穿寿衣'当一回事呢？"

旗袍

　　整七点了，女儿从房间里冲出来，背起书包，抓起一个包子就急匆匆往外走。"你怎么穿成这样？"她一看就来了火。女儿穿着白色的T恤和牛仔短裤，居然不穿连裤袜，两条修长、光洁的腿一览无余。可是，女儿根本不理会她，三步并两步就跑着去了。

　　顿时，她沮丧无比。先前穿新衣的喜悦荡然无存。今天，她可是穿了一件新旗袍，墨绿色的香云纱的料子，颜色不亮，但显得雍容华贵。她的头发高高盘起，还插了一根景泰蓝的簪子。

　　"我的女儿，居然是这样的。"她莫名地悲哀。

　　在她的衣橱里，有几十件旗袍，有厚有薄，有单有夹，丝绒的、丝绸的、棉麻的、香云纱的都有。式样，有传统的也有改良款的，密密堆簇着灿若云锦，旖旎一片。每天，她都要换一件旗袍，甚至好几天不重复。有时候，她拎拎这件，比比那件，不知道该穿哪件。

她的父亲是一个裁缝。她是父母唯一的女儿。她的衣服都是父亲亲手做的。她从小就爱漂亮衣服。二十多岁时，她看了一部民国题材的电影，无可救药地喜欢上了旗袍。她缠着要父亲做。那年代，人们的衣着，虽不再是黑乎乎灰蒙蒙的一片，可还真没人穿着旗袍招摇过市的。母亲坚决不同意。虽然，母亲的箱子里压着一件旗袍，是她偷偷藏下来的。但是，她担心人们异样的目光和非议。父亲爱女心切，没做旗袍，但给她做了一件碎花的斜襟衫，下面配黑色的裙子。她穿着出门，果然，路人都投来惊奇的目光。到了单位，同事的反应，有不屑的，有赞赏的，有好奇的。在众人复杂的心绪和目光里，她居然有一种叛逆的快感。那时，她特爱张爱玲的小说，张爱玲着衣就喜欢标新立异。她是一个不折不扣的张迷，第一次穿斜襟衫"旗开得胜"，她执着地要父亲给她做传统的旗袍。

从此，一个漂亮而且自我的女孩，经常穿着旗袍，蹬着高跟鞋，袅袅娜娜，穿过街巷。她从不在乎他人的眼光。单位的男同事，几乎不敢面对她，如面对耀眼的光亮，但暗地里总不免对着那背影多看几眼。只有小周，一位北方来的小伙，每次都目光朗朗地看着她，夸她的旗袍好看，夸她就是

《雨巷》里的少女。

　　那年，组织上考虑吸收她为预备党员。她勤奋、好学，业绩不俗。可是，提意见时，同办公室的一位老太太，说她什么都好，就是爱穿奇装异服。"这不是奇装异服，是中国传统的旗袍。都什么年代了，我们还这么保守？"小周说。后来，党支部书记给了折中的说法，说，旗袍可以穿，但不要太花哨，换得过勤等。也就是那次以后，小周成了她的恋人，最后，成了她的丈夫。

　　着装的氛围似乎越来越好了。有一阵子，旗袍风靡起来。这时，母亲加入老年时装队，旗袍秀就是一个保留节目。父亲几乎所有空余的时间都在为母女二人做旗袍。当她们穿着旗袍出门，一下子就是聚焦所在。

　　她有了一个女儿。她给她梳辫子，扎蝴蝶结，给她穿镶着蕾丝花边的裙子，教她背唐诗。可是，到了四五年级时，小姑娘开始叛逆。每天早晨，为了穿衣，母女都要打一场拉锯战。她要女儿穿这件，女儿偏偏要穿那件。而且，她带着女儿去买衣服时，小姑娘一个劲唱反调。每次，都被她以母亲的威严给压下去。

　　女儿初中毕业那年，她让父亲给女儿做了一件斜襟衫。做好后，父亲兴致勃勃赶来，可女儿就是不肯穿，还看着她说："为什么你总把你自己喜欢的东西加在我身上？"说着，目光落在她宝蓝色的旗袍上，"妈妈，你就是一个复古的人，一个套子里的人。"说完就摔门进了自己的房间。父亲沉默良久，对她说："如果当初我们阻止你穿旗袍，你会怎样？为什么让她穿不爱穿的衣服？"一句话把她问住了。"你不能管得这么宽。"一向疼爱她的丈夫也说。

后来，女儿买衣服时坚决要自己挑。买来买去，都是T恤、牛仔裤、运动服等中性的衣服。似乎母亲不喜欢什么，她就喜欢什么。她唱英文歌、追韩剧明星、大声说话、剪短发，行事总是和她相悖。

她觉得女孩子就是应该优雅，应该端庄。她被那条牛仔短裤给刺激到了。她看着一橱的花团锦簇的旗袍出神。本想着，姑娘时穿的那些旗袍，有的没穿过几次，因为身材丰腴穿不了，可以给女儿穿。可是，想起早晨的光景，她无奈地叹了一口气。想起父亲的话，又渐渐复归平静。

后来，她在大街上留神看，看到，女中学生穿着牛仔短裤的很多，而且，也都不穿连裤袜呢。"也许这就是代沟吧。"她想。

高考结束，女儿以高分考进了梦寐以求的外国语学院。暑假的一天，她回家，发现女儿的房间门反锁着，敲门，好一会儿，女儿来开门，穿着一件旗袍。"妈妈，我想试试外公做的旗袍。"女儿慌慌张张，羞红了脸。她发现，那件旗袍，是她姑娘时最爱穿的旗袍。

默兰先生

默兰先生姓蒋，名涵之，"默兰"是号。他是江城著名的花鸟画家。江城的人都以拥有他的画为荣。但是，他的画得预约，不管是朋友来求，还是企业家、收藏家来买，他都按时间先后排。那画，没有一年半载是拿不到的。

默兰先生有自己的生活节奏。晚上九点，他开始修禅、打坐，东方欲晓，他上床睡觉，一直睡到下午两点多。然后洗漱、喝茶、吃饭、喂鸟、莳弄花草。完了，开始作画，他画得最多的是兰花。那兰花，神清骨秀，远远看着似乎有幽香隐隐飘来。所以，久而久之，人们就直呼他的号，不呼他的名了。傍晚时分，他出去遛狗，等他回来，再翻几页书，差不多又可以打坐了。

他那画，自己觉得不满意的，就揉成一团丢到一个很大的废纸筐里，等筐满时他就去烧掉。画得满意的，他还得挂墙上，自己端详一阵子，方才交出去。这么一来，你要他的画，就得耐心等。

默兰先生的生活令人羡慕。他有上好的纸和笔、上好的酒，他有钱、有闲、有名又有实力。就看他那书房吧，很大，一百多平方米，内有红木桌椅，各种石刻、玉雕和珍贵藏书，案头蒲草萌绿，架上兰花吐蕊。他还养着黑白两家伙，黑色的是一只八哥，一打照面，就会字正腔圆地说："欢迎光临！"然后，不时会自发地说："你好！"白的是一只哈巴狗，常依偎在主人身边，露出憨憨的惹人爱怜的神情。更绝的是那只狗嘴里老衔着一根骨头，仔细看，原来是一根做得很精致很逼真的玩具骨头，少说也要上千元。默兰先生不仅自己会玩，他要他家的狗也能玩。

默兰先生祖上曾中过进士，诗书传家。自他八岁起，父亲就每天给他裁好毛边纸，要他写五十个楷书。如果不认真，就重写五十个。此外还要分阶段读书架上的书。可是，等他十八岁真正迷上书画和《庄子》的时候，文革开始了。他在工厂里呆过，改革开放后，开过个体书店，甚至还到娱乐场所去表演吉他。他的吉他弹奏，曾获江城音乐大赛流行组金奖。"艺术是相通的，无非把毛笔换成了弦。绘画讲究线条，音乐注重旋律。可绘画也有节奏，音乐也有线条感。"他说。

书画是个奢侈的爱好。好长一段时间，默兰先生买不起画册，买不起好的纸笔，真有一筹莫展之感。怎么办？靠吉他表演所得的小费也是毛毛雨。于是，有一天，他把书、笔打包，统统塞在床底下，向商海进军了。"凭本事赚钱，也没什么可耻的。"他说。当他掘得人生的第一桶金后，他立马定做了一批笔，又买了四十余万张宣纸。"以后万一我落魄了怎么办？得给自己备着。"他说。老天对他也眷顾，从商的五年，顺风顺水，他赚了足够的钱。生意正兴隆，他却决绝地退出了。"我是为了艺术去赚钱，有了钱，可以买我要买的，看我想看的，人生苦短，钱是赚不完的，但艺术荒废不起。"他说。

　　如今，他买的那些纸熟透了，自然风化，用上好的纸笔和墨作画，线条松动，墨色鲜明，相得益彰。做纸的那位老总前几年还来过，不同的是，以前默兰先生汇款买纸，现在是对方以纸来换他的画。

　　默兰先生满头白发，但肌肤白皙、润泽。看到时下一些很奇葩的书法表演、行为艺术，他就叹息：世风日下，人心不古。对于古人古画他津津乐道，讲起修禅也来精神，但是，有人拿画让他指点，他就三缄其口。开作品研讨会，他总是坐在角落，前面的人好话说得差不多了，到他这儿时间也到了，他打个马虎眼就过去了。如果为时尚早，眼看要轮到他发言，他就出去抽个烟或上个厕所，耍赖。按他的话说，请他，不忍扫别人的兴，而拿了红包又怎忍心说坏话，好话又说不出口，干脆就耍赖。"我日里睡觉，夜间打坐，多跟狗说话，少跟人说话，就是怕得罪人啊。"他说。

江城的美术协会组织笔会，默兰先生也不推脱。现场作画，有些画家专画简单的，或敷衍一下，也有画了说章忘记带了的。因为，这些画往往是"充公"的。默兰先生却很认真地画，而且很慎重地盖上章。

默兰先生的画，人们就是喜欢，看着就是雅，看着就是能让人心静下来。但是，也有一些年轻人不以为然，说，默兰先生的作画功底很厚，但四平八稳，过于圆熟，缺了些个性。"没有个性也是个性。"话传到默兰先生耳朵里，他淡然一笑。

大水

  画家纳闷：持续一个月的暴雨已停，可是，水位仍继续上升。他的判断来自绿底的树木和对面的楼梯。那水位还在慢慢地攀升，他所在的二楼，已相当于一楼了。

  画家听见楼下的水在喧哗，他想到了诺亚方舟。他俯身窗前，发现群鱼在水里翻腾、追逐，白色的脊背时时露出水面，如果不是那闪光的鱼鳞，他还以为是赤身裸体的人在游泳。

  突如其来的饥饿席卷着他的消化器官。他冲向画室，翻寻起闲置已久的钓具。画板上已勾勒出大水的草图，他认定这是千载难逢的题材。

  画家孤身一人，甚至，也不和对门的邻居交往。持续不断的暴雨，他已将所有能吃的都吃尽了，只剩下一块小包装的鱼干，他把指甲盖大小的鱼头按在鱼钩上边，从窗口抛出鱼线，像是近水楼台。

浮子立刻消失。他挥动钓竿，钓竿像一个弯弓。通过钓竿，他的手能够感到水下的力量。他收线。水面一朵水花，一个偌大的白色身影腾起。

他几乎要叫起来：美人鱼！

美人鱼似乎要挣脱鱼钩，潜入水中。

他担心线会断，他放了一段线。然后，再慢慢地抽。附近的水在流动，形成一个一个漩涡，似乎群鱼正暗暗联合起来拯救美人鱼。

收收放放，他知道不能硬扯，他得让美人鱼挣扎得疲惫了，然后再收线。

美人鱼像是知道他的无奈，甚至做出表演的动作，跃出水面，展示自己的身体。

他看见了美人鱼的一对乳房，整个身体线条柔和、美妙。他差一点松开钓竿。他的脸被溅上了水珠。

美人鱼似乎在领舞，一旦跃出水面，远远近近，许多鱼都腾空而起，在空中翻转身体，像是水上表演。

他想到，可能是暴雨期间，城里的居民纷纷蹚水。这座城市，最初是个渔村，暴雨唤醒了人们对水的记忆吧？不过，画家怕水，却喜欢水和鱼，他的画，以鱼为题材的居多。他忘了饥饿，他期望能细致地观察美人鱼，实现多年来关于美人鱼的遐想。

他感到钓竿很脆弱，岌岌可危，随时可能中断他和美人鱼的关联。反反复复，收收放放，大概美人鱼的体力消耗得差不多了吧？鱼线紧紧地绷着。

美人鱼腾出水面，几乎跟窗口一个水平面了。细细的钓线，亮晶晶的，水珠像穿在线上的珍珠，向一边聚集。

他趁势拽钓竿，可是，自己反倒翻出窗口。他一头扎进了水里，手上还紧紧地握着钓竿，像被牵引着，糊里糊涂在水下蹿。他的脚够不着地面。水比他想象得还要深。他感到自己被收了过去。

美人鱼说："你竟然不识水性？"

他已躺在美人鱼上边，说："你是谁？"

美人鱼说："你的邻居。"

他说："大水让我们相识了。水怎么还不退？"

美人鱼说："满城都是鱼了，你不知道？已经采取了措施，保持水位。"

他说："那就成了一座水城了。"

美人鱼说："我教你游泳吧。"

他想象不到，水里有那么多的鱼族，似乎整座城市的居民终于遇上了这个机会，自由自在地在水里游动。

起先，他还惦记着未完成的画作，渐渐地，他察觉，他不愿回到楼房里面了。水已经漫进了房间，他担心一旦游进去，门关闭了，他可能出不来。他已经能和美人鱼一起游了，他感到美人鱼的鳞片闪着冷艳的光，而他的身体也生出了保护层——又硬又冷的鳞片。他开始担忧水退下去了。因为，一座城市不可能永远浸泡在水里。

一天，他和美人鱼游进了画室，那里已长满了水草，许多小鱼在游动。他摸到画笔、颜料，他要求美人鱼别动。他和美人鱼之间隔着画板。他挤出颜料，顿时，整个画室像起了浓雾，到处都是气泡。

美人鱼喊："门在哪儿？赶紧撤离。"

他说："坚持住，我要画下一幅画：大水和美人鱼。"

有这么一棵树

有这么一棵树，它枝繁叶茂的时候，还没有梦想，因为，它自身就像一个美丽的梦。栖息在它绿叶中的鸟儿，也是梦的一部分。只不过，它没想那么多。

可是，它很不幸。一年春天，绿叶没有在它枝条上舒展开来。别的树都戴上了绿色的美丽的树冠，它却枝干分明。它枯了，小鸟也不飞到它身上来，好像害怕它。是什么吓得小鸟不敢接近它？因为，它再也不能抵挡喧嚣。风吹来，枝条发出的是干燥、生硬的摩擦声。它望着邻近同伴们那丰腴的绿色，听着悦耳的鸟叫，它疑惑自己怎么会这样，这可是它从来没有琢磨过的事儿。

它时不时听见自己身上传来折断的声音，风呀，雨呀，都可以轻易地扳掉它的枝条。当剩下光秃秃的躯干时，它做了第一个梦，梦见失却的枝条绽出了绿芽，然后绿芽舒展，一片片绿叶在阳光中闪烁。后来，它又做了一个梦，它听到身体里有鸟的歌唱，那么多鸟，像在举行歌咏比赛。

它轰然倒地，压在绿色的草丛中，它的根部留着锯屑。一个人放下闪着寒光的锯子，又操起斧头，砍掉它的梢头。它躺在草丛中，阳光吸走了它的水分。它已是截取出的一段圆木。它不知道还要躺多久？

有一天，它听见了一种音乐。曾经有一个男子，到它的绿荫下拉过小提琴，每年都来，像是举行一种仪式。现在听那哀伤的乐曲，仿佛是在悼念它。不过，四下没有人影。渐渐地，它听出旋律发自它的身体。听着优美的旋律，它想到小提琴，仿佛那把小提琴藏在它的身体里面。

终于来了两个人。它认出，一个是锯倒它的汉子，一个是拉小提琴的男子。汉子像是在说服男子进行一笔交易。它感到，所指的对象是它——一段圆木。

"死沉死沉。"这是两个人扛它上一辆车时汉子说的话。不过，男子又说，"我听见木头里边发出了声音，很好听。"

一间屋子的门口，它被卸下，屋里迎出一个老头子，拍拍它，摸摸它，说："我发现它里边藏着一把小提琴。"

小提琴手说："大师，我听见木头里边的琴声，伐木的人还不相信呢。"

老人说："同一段木头，不同的人看到听到的形象是不同的。"

小提琴手说："我失踪的那把小提琴，似乎就藏在这棵树里。"

汉子纠正："不是树，是木头，死了就叫木头。"

小提琴手说："它没有死，死了的木头不会发出那么悦耳的琴声。"

圆木想：过去，我怎么没察觉自己里边还藏着一把小提琴？

老工匠把它摆在一个工作台上，似乎不知道怎样下手，他在绕着工作台，一圈一圈地走，时不时地抚一抚它，听一听它。他向小提琴手保证：我将制作最后一把小提琴，你不要来催。

它一连躺了两天。它多么希望自己真的能发出自己能听见的小提琴的旋律。难道它发出的声音只有小提琴手能够听见？它看到室内的锯子、凿子、斧子、锉子，它想象自己即将被捣腾得面目全非。

那个夜晚，很静很静，月光如水，流到了工作台。它有点不甘心，或说，有点怀念——怎么没有守护住绿叶？它用仅剩的一点点湿润，做一个梦：它米粒般的苞芽，一串一串，像音符，在树枝上摇曳，音乐就从苞芽里发出。

这是小提琴手曾奏过的一个旋律，那旋律使它想到森林里无数的伙伴。它仿佛又回到森林，那也是小提琴手童年生活的地方。

第二天，小提琴手可能等不及了，他尾随着老工匠进门。老工匠念叨："不急，这个活儿急不得。"

小提琴手说："昨晚，我又听见你这里的树发出了声音，像有人在独奏。"

老工匠愣住了，说："啊？"

小提琴手说："出了什么事儿？"

老工匠说："怎么会这样，简直是奇迹。"

它粗糙的表皮生出了嫩绿的芽！

小提琴手扶一扶近视眼镜，几乎贴近木头。

老工匠说："我想等它死透了再动手，它还有点潮，可是，它又活了。"

小提琴手吸一吸鼻子，闻了闻绿芽，说："它要重返森林。"

有这么一棵树，它在枯死了后，还有个梦想，却为难了看中它的两个人。

别墅

那天，他对她说："我造了一幢别墅。"

她几乎已濒临绝望，一听，喜形于色。但是，还是疑惑地问："你造了别墅？真的吗？怎么看不出你有这个能耐？"

他的衣服上留着不易察觉的颜料。他数次求婚，她总是说："房子，有了房子我就嫁给你，总不能住大街上去吧？"

他居无定所，大多数时间住在父母那里，房子小得可怜。他又有很多朋友，经常去朋友那儿聚会，完了就留宿在那里，就这样东一夜西一夜地凑合着。他常常想象未来的房子。这回"华厦"房地产开发公司冠名举办一项高奖额的美术大赛，他赶出了参赛作品《别墅》。

她一下黯然了，说："这是画，能住吗？你老是画饼充饥，我可受不了。"

他完全沉浸在《别墅》的后期完善之中。一周后，她去找他，她打算下"最后通牒"。可是，他那小房间的门虚掩着。他的父母很热情，说："他大概走出不久，他不准我们打扰他，我们也从不进他的房间，你进去坐坐吧。"

她端详着这幅已经完成的画。这就是他无数次说过的他想象的别墅，在树林中，周围有小桥、流水，花木掩映的小楼，幽雅、气派，甚至她能听到林中小鸟的鸣啭。她还是依恋着他，因为他潜在的艺术才能。

她知道征稿的截止时间已到，必须当日送交，她取下画板上的"别墅"，感到一种厚重感。她径直送到征稿办公室。她在来稿登记处，登记了他的姓名、地址和联系电话。

接着，是等待。她又去了他家两趟，门还是虚掩着，没有他回来过的痕迹。他的父母都不知道他去哪儿了，以为又在朋友家留宿了。她想是不是她的话伤了他的心？他那么孩子气，那么阳光，只是，一提房子，他的脸似乎就有一片乌云笼了上来。每次，他都摊开手，说对不起。

大赛揭晓，获奖通知寄到他家。他母亲打电话给她，让她去看看那份请柬——他获了一等奖！算一算奖额，加上他俩存的钱，刚好购一套房子。她打他的手机，响了半天没人接。她想他一定会出现在颁奖现场。电视、报纸都公布了获奖名单。他和她闹着玩呢。

她如期到了颁奖现场，直到颁奖开始，仍未见他的身影。她隐约觉得他出事了。他的自卑偶尔流露，碰上她要给他下"最后通牒"，加之她用那么轻蔑的口气说他的《别墅》，他会不会……她不敢往深处想了。

她替他领了奖，一个精美的奖杯还有一张支票，而且凭此还可以在"华厦"房地产开发公司优惠购房。她恨起他来，多么值得分享的事儿啊，一幅《别墅》可以买到一套房子，精神换得了物质。

她掏出手机，拨他的号码。她听到大厅里响起手机的声音，是她替他设置的音乐。她乐了，原来，他就在大厅呀。

可是，她四处寻找，却不见他的踪影，只听见那音乐。她循着音乐，慢慢地走近他的获奖作品面前，那声音是从画——《别墅》里传出。别墅的门虚掩着，一道门缝，似乎专为她留着，可她进入不了画中的别墅。她关了，然后再次拨通他的手机号码，他确实在"别墅"里。他住进了想象已久的别墅。她想，他已不能走出来了，或许，他不肯出来，他多么固执。

摘下你的墨镜

车子到了繁花巷这站，停了下来。

上来一个年轻的老师和一群孩子。老师长得很秀气，马尾辫、牛仔裤和绿色的薄夹克上装，整个人显得清爽、利落。而孩子们呢？仔细看，面容有些异样。有的，眼神呆滞，有的，嘴巴有点歪，也有的，一看就是唐氏综合征的孩子。

她坐在车尾，她的心悬了起来。早上，听婆婆说，今天儿子的班级要去步云街小吃城实践。她一看到这位漂亮老师，就有预感，她可能是儿子的班主任。曾有一次，婆婆对她说，中午时给孩子送衣服，看到那个年轻的老师搂着孩子正午睡呢。"多么漂亮、干净的女孩，搂着阳阳睡觉，一点也不嫌他。"婆婆看着她，话里有话。

当看到那件湖蓝色的衬衫时，她担心的事发生了。就是她的儿子，儿子夹在一些小朋友中，也上了车。

"你们来了？"车上的乘客笑着跟孩子们打招呼。看来，经常坐这班车，乘客们对他们熟了。她通常是自己开车上班，今天，正好车在保养，所以就坐了公交。

万一儿子看到她，在车上大叫妈妈怎么办？那时候，全车人的眼睛都会朝她看：看哪，这就是那个傻孩子的妈妈。想到这儿，她的脸有些发烧。于是，她把墨镜往上推了推，脸侧到一边。

儿子是她心里永远的痛。精明能干，处处要强的她和同样出色的丈夫居然会有一个脑瘫的儿子。那年生下孩子，她一睁开眼睛，就是把孩子从头到脚都看一遍，手指头和脚趾头都是正常的，没多一个也没少一个，她松了一口气。只是觉得这孩子不好看，眼睛小小的。也许以后会好的，她安慰自己。她不知道的是，后来，他们的医生朋友来看时，看着看着，眉头就皱起来了。朋友把丈夫单独叫出去了。双眼的距离那么开，还有很多异常的现象。果然，几项测试下来，是脑瘫。丈夫的心坠入无底的深渊，简直无法面对孩子。"既然生下来了，就是一条生命。我带到乡下去养。"她的婆婆说。

丈夫说孩子有点弱，要待保温箱。直到满月后，她才得知真相。后来，婆婆就带着孩子去了乡下。

她和丈夫每星期都去看儿子，买去各种好吃的和穿的。但是，他们从来不敢带孩子回城。后来，因为儿子残疾，他和丈夫又要了一个孩子。让她欣慰的是，二胎的女儿漂亮、聪明。

儿子到了读书的年龄，她和丈夫反复考虑，还是让儿子回城上学。本市的这所特教学校，在业内很有名，他们让孩子学会生活自理，还带着去超市、商场、小吃城实践。儿子上学，由婆婆接送，女儿上幼儿园，他们自己接送。他们很少带儿子出去，怕人们异样的目光。偶尔带出去，也是带着两个孩子，而她，会下意识地戴上墨镜。在家里，她会搂着儿子，反复地教他说话，但是，儿子对她，总是有些疏远。

车子到步云街了，她松了一口气。孩子们在老师的带领下下车了。不知怎么，她看到儿子抱着车门边的金属杆，没有下去。等到其他孩子都下了，他还没有下的意思。"阳阳，下车！"老师拉着他的手，他不肯下。老师拽他，他抱得更紧了。也许，他对金属杆发生了兴趣；也许，他还没有享受够坐车的快乐呢；也许，他的思路正停留在另一端呢。年轻的老师窘得满脸通红，要知道，此时，大家都急着上班呢。老师轻声地在耳边哄，他仍然紧紧抱着金属杆。下面的孩子看到这样，有的在叫，也有的又想上车。

看到这个情景，她好紧张，"摘下你的墨镜！"有个声音在对她说。她想过去，但是，脚却像灌了铅似的，移不动。

虽是初夏，天气不热，老师的额上都是汗珠。这时，不知哪位乘客说："大家都下车吧，这样他就会下了。"这么一说，在前头的几个乘客就下去了，接着，后面的也跟着下去了。大家没有一句怨言，还有的说："小朋友，我们都下了，你也下。"她走过儿子身边时，她拉了拉儿子的手说："宝宝，我们下车！"但是，她没有摘下墨镜。儿子看看她，像认识，又像不认识，但还是倔强地抱着金属杆。

一车的人都下完了，大家都在等待着这个孩子。一分钟、两分钟……足足过去了八分钟。这时，孩子突然回过神来，意识到空荡荡的车厢只剩了自己一个，他的手松了，然后就下了车。她一把抱住了他。

乘客们一个个又上了车。"谢谢！谢谢！""真对不起！"年轻的老师送乘客上车，嘴里不住地说。这次，她没上车，她摘下墨镜，紧紧拽住儿子的手，目送着公交车离开原地。

她陪着老师和学生走到街口，然后回来再坐下一班车。她在内心做了一个决定，从明天开始，她要跟婆婆换一下，亲自接送儿子上下学，而且，跟儿子在一起时，她要摘下墨镜。

漏洞

桌上座机骤然响起。他吓了一大跳，好像被人突然从身后大吼一声。

电话那头自报家门："我是小刘，今天你在吗？"

仿佛他的存在终于被记起。半年前，他被雇用，守护这幢别墅。记得上岗第一天，搬进了几十张折叠桌和比桌子多一倍的椅子，似乎要进行什么活动，还安装了一部电话机。他总以为随时会有人来聚集。他每天得保持接待的状态。当然，如果聚集，预先会来电话通知，那么，他就会用电热壶烧水。可是，座机持续沉默。隔段日子，他就把桌椅上的灰尘擦拭一遍。桌椅和人都保持着沉着等候的姿态。

夏天，他怕热，开空调；冬天，他畏寒，也开空调。

他严格按照作息时间，上班下班。他甚至认为，这是对他是否忠于职守的一种考验。有些事情往往是这样的：久等不来，仅仅离开片刻，事情就来了。崭新的桌椅和他一起接受考验。渐渐地，无事等有事，他习惯了这种等待的状态，养兵千日，用兵一时嘛。三层楼，他上上下下巡视。有时，他坐在拼起的长方形会议桌的主席台的位子，对着一圈桌椅说话，好像那里坐了一个个隐身人。他说："还没到，请继续耐心等待。"他还嘴对着不存在的话筒，试一试音响。

偶尔，他会闪出一个念头：是不是"他们"遗忘了这个地方？大多数时间，他坐在办公室里，一副接待来访的样子，他时不时瞥一眼座机。他怀疑线路出了故障，因为座机持久保持着沉默。他打过一个电话：用座机打自己的手机，然后用手机打座机。似乎有两个人同时向对方打电话。他拿起哑铃似的听筒，喊"喂喂喂喂！"

今天，总算接到了电话。其实，他还想多说几句。"我过来一趟。"小刘说。那么他该做什么准备？他庆幸，双休日他照样到位。弄不好是一次即兴抽查。他得意自己时刻"准备"着呢。

他观望了整齐、干净的长方形会议桌，安慰道："好，好，就这样！"

他打开防盗门，再去打开院子的铁栅门。围墙的铁条，不知被哪个淘气的小孩拔掉了好几根，到处是漏洞，院子可以自由进出。不过，他总是阻止或驱赶进来的人。他打算请示围墙修补……当然，这是他的失职，可能的话，他晚上可以住宿……问题是空调耗电量会上去。

小刘似乎成熟了，娃娃脸上布满了胡子。他记得半年前，五六人当场选定他——管好这幢别墅，具体由小刘联系。他看出其余几个都能管小刘，但小刘管他。当时，小刘交给他一把钥匙，自己也留了一把。县官不如现管，他铭记住了小刘的娃娃脸。他简直欲说盼星星盼月亮，终于盼到……但叮嘱自己：沉住气，老大不小了。

他陪着小刘检阅桌椅——似乎椅子坐了人，就等领导出现。他注意小刘的表情，表情中会流露出对他半年工作的评估。然后，小刘会把"鉴定"向"他们"汇报。

然后，他跟着小刘，来到门一侧墙角，那里放着几张折叠起来的桌子，紧密地排列着。他想介绍：这几张桌子暂时闲着，随时替补出了毛病的桌子。

小刘拉开一张桌子，然后又合上不锈钢桌脚，说："这个……女儿做家庭作业，我拿回去了。"

他的脸，堆起笑。他想，之前的检查，都是形式，现在到了实实在在的内容。不过，他说："这桌子，收起来方便，对对，不占地方。"

小刘迟疑片刻，表情严肃起来，说："电表怎么跑得那么快，这幢楼闲置这么久，耗电却这么厉害。"

他的脸一阵发烧，像被抓住把柄，说："我这个人，夏天怕热，冬天怕冷，我……我以后尽量少用空调。"

小刘已搬桌出门。

他追上去，说："我来，我来。"

小刘径直出了铁栅大门，把收了脚的桌子塞进轿车后备厢，坐进驾驶室，系上安全带。

他望着瞬间散开的白色的尾气，他想，要是"他们"发现少了一张折叠椅，岂不是认为我老鼠守谷仓了吗？他咬咬嘴唇，咽了口唾沫。继而又想，"他们"不可能管得那么细吧？刚才小刘指出空调，其实是针对桌子——堵住他的嘴。他想：要是不接那个电话会怎样？双休日还来"上班"。

他关上两道门，关上空调，打开窗户，冷空气立刻占领了办公室——所谓门卫的房间，又空又冷。他望着围墙缺失的铁条——像被拔了牙。他竟然忘了汇报"补漏洞"的事情。冷空气，已透过羊毛衫，侵入皮肤，渗入骨头。他打了个响亮的喷嚏，像一台陈旧的机器被突然发动，打得他满眼泪花。接着的喷嚏，欲打都打不出来。

梅花尼

十八岁那年，她执意出家，以死抗争，父母拗不过她，终于答应。

出身名门，容颜姣好，且精通文墨，父母视之如掌上明珠。世人都不知道姑娘为什么那么决绝，要割舍红尘。

原因，只有她自己知道。

那日，锣鼓喧天，唢呐声声，在绣楼上，她望见了长长的迎亲队伍。花轿渐近，而花轿前的那位新郎，是他！顿时，她觉得天旋地转，

眼泪如断线的珠子。泪眼婆娑中，仍是那一年的元宵，月下，那枝红艳艳的梅花，那无比鲜艳的朱砂色，这一刻刺得她心流血不止……

遇上他，是不是前世的孽缘？那个元宵，她和婢女一起去看灯，她手撷一枝梅花，可人多，一挤，梅花失手落地。离开灯市，行至灯火阑珊处，他追了上来。"小姐，你的梅花！"他将梅花还给她。她道谢，几分腼腆，几分矜持。抬眼，却望见一张英俊的脸。那眸子中，是一种爱慕、愉悦、惊喜交织的光。四目交加，如此亲切，宛若前世的故交。她心突突地跳，脸上一热，随即莞尔一笑，含羞离开。回来后，夜阑人静，圆月在天，那个影子浮上心头，她辗转不眠。此后，无人时，她将梅花嗅了又嗅，暗香销魂。

第二年元宵，她又手撷一枝梅花，依然是行至灯火阑珊处，她祈求上苍，能再遇到他。果然，柳树下有个身影，是他！四目相对，满是相思的慰藉。那日，他问她的名字，问她的家，并告诉她自己的名字。原来，他就是诗名远扬的段生。在闺阁中，她抄过他的诗，熟背他的诗，她以为，这是一位老夫子呢。回来后，她就一直盼，月圆了缺，缺了圆，提亲的人踏破门槛，她就是没有盼到他来提亲的消息。第三年的元宵，她没有遇见他。如今，却看到他做了别人的新郎。

"泪痕不学君恩断，千行万行还为君。"可是，只是一枝梅花的邂逅，何谈恩和义。她作茧自缚，不可自拔。多少闺愁幽怨，无限心事，却没有一个人可以倾诉。女儿的心多小，小到只能装下他一个人。女儿的心多傲，傲到只能将这相思的苦果独自咀嚼。眼看年岁渐长，父母一再催促，她咬咬牙，执意出家，理由是信仰禅宗，愿一世修为。其实，她何尝不是为了断这烦恼根。

从此，城外的白云庵中，多了一个妙龄女尼，日日抄经、坐禅。字如梅花劲秀，人如梅花幽娴。风流才子、浮浪弟子纷纷寻来，最后悻悻而归。不仅是女尼端庄矜持，而且她家还专门派家丁在庵四周把守。只是，每年梅花将开的时候，她都穿着芒鞋，托着钵，四处云游，遍访禅师。梅花落尽，才回庵中。此时，也总有父兄为她安排的仆人暗中相随。

城内段生，不久中举。夫妻和睦，子嗣绵延。哪一年起，段家屋前屋后种满梅花。后来，他在白云庵旁买下一块地，遍种梅。她外出，从来都绕道而行，避开段家梅园。

对段生，她不知道是恨还是思念。她又有什么理由恨，那年月下，他只是问了她的姓名，她的家，并没有任何表示。他和她，只是两面的缘分。就是这两面，她摆脱不了一世的心结，正像那已摆脱不了的烂熟于心的他的诗文。多少年坐禅，不能放下的心魔。梅花开的时候，暗香浮动，令她心旌摇摇，她再也无法禅定。"无意结同心，种甚梅花万千？"她在心里说。这就是她每年梅花将开时云游四方的原因。

渐渐地，她到了不用仆人跟随的年龄。而且，芒鞋破钵，沐风栉雨，她成了一个真正的行脚尼。她从东到西，参谒了不少禅师，以求开悟禅机。她自感渐悟，正渐渐摆脱烦恼。那年，梅花盛开时，她回来了。大雨滂沱，她不再绕道，就从段家梅园过吧，心中释然。

避雨，到梅园的一处亭台小榭。此时，亭内有一位青衣男子，茕茕孑立，几分落寞，几分沧桑。转身，两人竟呆住了。是段生，面容清癯，几分憔悴。雨中，他俩就默默对视，数十年的时光，就浓缩在这一刻。

"小姐因何出家？"

"施主何须再问？"

段生告诉她，曾央父亲挽媒人上门，但是府上一对八字，不合，就断然拒绝。而且，他也实在不知她的心意。婚后听说她出家，还不敢肯定是否因为他。倒是她出家后，读过她的好多禅诗，爱慕之心尤深。种下这片梅园，就是为她。多少个元宵，他就在这梅园徘徊。

......

亭外，大雨倾盆，锁住一切，白茫茫，什么都看不见。亭内，他揽着她，似乎要将一生的爱恋偿还给她。她无限欢喜，却又满眼清泪。

雨止，他折一枝梅花，给她。她轻轻嗅着，暗香销魂。于是，口占一绝"尽日寻春不见春，芒鞋踏遍陇头云。归来笑拈梅花嗅，春在枝头已十分。""好诗！这是我读到的最好的梅花诗，你我回去后赶紧写下来。"他由衷地赞叹。

《咏梅花》不久传扬开来。世人称，这是她的悟道诗。她苦苦寻觅，终于开悟，于是，她得了梅花尼的名号。自元以来，诗，流传千古，万口传诵。

段生死后，葬梅园。梅花尼不日坐化，坐化时，她口衔梅花，唇角边，有微微笑意。

桃叶

　　我是桃叶，南朝时秦淮河边一位卖扇兼卖砚的女子。我家的这方砚，叫"桃花砚"。这香艳的秦淮河边，常有公子王孙过往。他们一看到我，就眼睛发直，说我长得跟桃花一样好看。有些，为了显示他们的风雅，还要帮我画扇或者在我的扇上题诗呢。

　　这些浊物，我又怎么会把他们放在眼里？我心里有一个人。他是谁？王献之！他是王羲之的第七个儿子，字子敬。小时候，我练字，父亲就给我讲王献之临池十八缸的故事。

　　我爱极了王献之的书法，娴熟，润秀，如丹穴中凤凰飞舞，如清泉中蛟龙飞跃。字如其人，他本人也英俊潇洒，风流蕴藉。而且，他是一个多么专情的男人。他和表姐郗道茂情深意笃。用他自己的话说："虽奉对积年，可以为尽日之欢，常苦不尽触类之畅。"那是几年如一日的恩爱啊。可是，新安公主（司马道福）爱慕他，她的丈夫恒济篡权事败，她就与恒济离婚，硬缠着要改嫁给王献之。她的弟弟孝武帝同意了，谢安等大臣也在旁操纵。王献之心意坚定，甚至烧伤了自己的双腿，以跛足为由拒婚，可这也无济于事。于是，他无奈地娶了公主。为了家族利益，他被迫休了郗道茂。这事成了他一生的心结。

相思渺渺，王献之郁郁寡欢，四十三岁就离开了人世。离世前几年饱受足疾之苦，临终前，他说此生唯一的憾事就是跟表姐郗道茂离婚。

这样才貌双全又重情的男子，哪个女子不动心呢？

我是一个卖扇女，家境贫寒，却从小喜欢文墨，心比天高。我一遍遍临摹王献之的字，不可救药地爱上了这一个已经作古的人。我想，如果我和他同个朝代出生，我心甘情愿做他的小妾。哪怕，他最钟爱的是他的表姐，哪怕，家中还有一个霸道的新安公主。我只要他的一点点柔情。曾经，他住在乌衣巷，在河的那一边。一个又一个春天，桃花盛开的时候，我想象着，我渡河去与他相见。他白衣飘逸，深情款款地在渡口迎接我。他充满爱怜地对我说："桃叶复桃叶，渡江不用楫。但渡无所苦，我自迎接汝。"我呢，一定送上一方"桃花砚"，为他红袖添香。如果夏日到了，我会送上一把团扇，上面题着我作的《团扇歌》："七宝画团扇，灿烂明月光。与郎却耽暑，相忆莫相忘。"

我就这样想象着我和他的爱情，在一把又一把扇子上，题上《桃叶歌》，落款为"王子敬"。

不知为什么，《桃叶歌》竟然传唱开了。人们疑惑，难道王献之有个叫桃叶的爱妾？可是，王献之的年表里没有桃叶，正史也不见记载呀。多年以后，这桩风流韵事铁板钉钉，那个渡口，叫做"桃叶渡"。人们甚至想象出桃叶有个妹妹叫桃根，也做了王献之的姜。特别是宋朝开始，文人们心仪的就是这个桃叶渡。秦淮河乃六朝金粉所凝的旖旎之地，才子佳人在此依依惜别、殷殷相迎甚是相宜。那个写《儒林外史》的吴敬梓，故居与渡口相邻，他当然也没放过这个吟诵风雅的机会。"花霏白板桥，昔人送归姜。水照倾城面，柳舒含笑靥。邀笛久沉埋，麈扇空浩劫。世间重美人，古渡存桃叶。"当然，这时我亦是一个古人。

我以这种方式，将自己"嫁"给了王献之，在他的铁画银钩中，渲染出一朵桃花。年复一年，青丝成灰，我仍孑然一身。有一次，一种预感，使我毅然渡河。恍惚间，我发现那个白衣飘逸、英俊潇洒的王子敬正朝我微笑，然后，又飘然而去。"桃叶映红花，无风自婀娜。春风映何限，感郎独采我。"我就要去追他，向他诉说……

冥冥中，我听到岸上有人传唱："桃叶复桃叶，渡江不待橹。风波了无常，没命江南渡。"

看客

　　书生落第而归，雇一叶小舟，晌午时分到一小镇靠岸觅食。

　　小镇牛肉闻名遐迩，嫩而且香。据说，方圆百里所贩牛肉均来自此镇。

　　书生要了一碟牛肉，一斤老酒，独斟独饮，所有烦恼都抛到九霄云外，心情豁然开朗，想着要在此处歇息一晚，于是安顿好船家，自己带着醉意在街上胡逛。

　　渐渐地，他闻到了血腥的气息。

　　前方屠宰场上，一个膀大腰圆的屠夫，正准备宰一头肥牛。

　　书生好奇心起，不由驻足观看。屠夫见这读书人有些面生，一下子起了劲——天天宰牛，小镇上的人早已熟视无睹，书生这一眼，让他感到了自己的重要。

牛知道自己死期将至，竟然流下大颗的眼泪，还跪了下来。屠夫一时有些犹豫。

书生看到牛的眼神，不由得想起前些天在贡院，狭小的号舍里，蚊叮虫咬，为防舞弊连捎带的干粮都被切开。赴考场，一次次，他觉得，自己就像去挨宰，无非，是挨命运的宰割。这次，他又被"虐杀"了一次。

书生思至此处，再次将目光投向屠夫——那是期待的目光。

屠夫三代宰牛，他十多岁就开始动刀，怀了一手好技艺。可是，世人都喜啖牛肉，却从不关心他的技艺。今天，就露一手给这个外乡人看看。他熟练地将牛的四肢捆了，然后，用锤子击打牛头。牛挣扎了一会儿，渐渐没了动静。这时，屠夫拿出一把尖刀，明晃晃，寒飕飕。他一刀刺进牛的心脏，又快又准。牛抽搐一下就不动了。顿时，鲜血如注，地上一片殷红。书生禁不住打了个寒战，醉意全消，却隐隐有些兴奋。

接着，屠夫开始剥皮，分解牛身上的各个部位。他动作娴熟，如入无人之境。

书生想起"庖丁解牛"，感觉，自己就是梁惠王，而"庖丁"正为他进行一场美妙绝伦的刀技表演。他看得投入，目光中流露出些许嘉许。

屠夫刨开牛肚子时顿了一下，原来母牛已怀小牛，胎盘都快成形。怪不得母牛朝着他下跪呢。屠夫的额头上沁出了一层汗。转头见书生正目不转睛，屏气敛神地盯着他，心里一凛，刀子便下去得更坚决了。

当晚，书生依旧叫了一碟牛肉，一斤老酒。但是，他分明觉得牛肉煮得有些老，他甚至怀念起那股新鲜的血腥味来。及至酒酣，他回到客栈，连衣服也没脱，就上床睡去。

恍惚间睡至半夜，有两个青面獠牙的小鬼上门，用铁链勾住书生脖子，然后押解着他，来到一个阴森森的地方。在那儿他看见一个人，有些眼熟，正是白天见到的屠夫。

书生顿时酒醒了大半。

一个面目模糊的判官问："大胆狂生，你可知罪？"

书生懵了，说："你们是不是抓错人了？"

判官对屠夫说："你说与他听。"

屠夫说："我杀牛时，他在帮我一起杀。"

书生对屠夫说："你血口喷人，我只是在一旁观看，未发一言。"

屠夫说："你的目光唤起了我炫技的本能，我施展全部本事，就是为了表演给你看。"

书生说："确实，我第一次亲眼看到杀牛。"

屠夫说："要不是你来看，我就不会来劲，牛也不会受那么多的苦。"

书生还想辩解，突然，觉得眼前一亮，像从黑暗里突然走向光明。原来是一面巨大的镜子，悬在他眼前。书生看见镜子里的屠夫执刀宰牛。书生还看到自己兴奋的眼神。白天的情景再现，只是，没有血腥气息。

书生不服，说："我只是看看而已。论行不论心，难道还要拉我一起来分担罪责？"

判官说："有心便是有罪，亏你还是个想考取功名的读书人。"

接着，两个小鬼把他使劲一推。

倏地，书生醒来，见天已大亮，自己一个人躺在客栈的床上。梦中情形，历历在目。随即而来的念头，就是赶快离开这个小镇。他去坐船，又路过那个屠宰场，已关门歇业。他听路人说屠夫暴毙。顿时，一股血腥气味扑面而来。书生心里慌乱，直奔码头而去。

书生到家，父亲正在长吁短叹。"儿啊，当年我救过的一个人给我托梦，说本想结草衔环，来报答我家。可是，他昨日在牛肚子里，就被人杀了。"

悔棋

姜伯伯是我们的邻居，也是我们的偶像。

首先是他传奇的身世，红小鬼、解放军战士，参加过好多战役，转业后是爸爸单位的工会主席。最主要的是，他的妻子是一位烈士，牺牲在战场上了。于是，人们看见他都十分敬重。

他什么都会。天寒地冻，我们曾亲眼看见他在厚厚的积雪上练字。原来，他的一手好字就是这么练成的呀。他的普通话特标准，那时，我们的爸爸妈妈操的都是杂牌的普通话。他还喜欢种兰花，他的屋子里摆着很多兰花，开花的时候，就有一股幽幽的香气，让人闻着说不出的舒服。他是个单身汉。单位里发的或者人家送的水果，他都放在一张空桌上，自己一个也不吃，结果都是我们这些孩子一个个把水果全消灭了。唯一的缺点是他的房间有点脏，东西摆得有点乱。

我和瘦猴跟他下棋下了无数次，有的时候单挑，有的时候二战一，每次都大败而归。看着我们不服气的样，他就哈哈大笑。

暑假的最后几天，我们找他下棋，总觉得哪儿有点不对劲。最后，发现是他的屋子干净、整洁了许多。然后是他下棋的时候好像有点烦躁。平时他平稳、淡定，落子不紧不慢，可是，接连两天，他都走神，险胜了我们。这一次，我跟他下。几个回合，又轮到他出棋，他那白子落的时候我就窃喜。他刚落子，突然意识到，要拿回时，瘦猴在旁边大叫"不许悔棋！""对啊，你是大人，不许悔棋！"我也说。姜伯伯很不悦，但是，没有拿回去。果然，一招不着，步步被动，这下我们稳操胜券了。我俩可得意了，看着他，还交换着眼色。这时，冷不防他看到我们的神色，激怒了，啪地站起来，一下子把棋盘给掀了，黑子白子落了一地。他走到一边。我俩面面相觑，最后，一溜烟跑了。

这是我们第一次赢他，很得意，而且，平时温文尔雅的他居然那么没风度。但是，不好玩的是，他掀了棋盘，以后就不会跟我们一起下棋了。

后来，开学了，学校里组织军训。那天，有爬山的任务，我四点多起来了。天蒙蒙亮，人们都还在梦乡里呢。我下楼去，在三楼拐角，我看到二楼姜伯伯的门开了，一个女人从门里走出来，就急急下楼去。那个女人我认识，是军军的妈妈。军军住在另一幢楼，他妈妈跟爸爸离婚了，他跟着妈妈过。真稀奇，姜伯伯的房间里居然走出个女人来。当天，我就告诉瘦猴，还有同幢楼的红红。红红说怎么会呢，姜伯伯是个英雄，英雄怎么会有那种事呢。

也许是因为他掀了棋盘，我很不爽。晚上，我告诉爸爸妈妈，他们一下子愣住了。

"那个柳凤仙，年轻时就喜欢老姜，老姜也动过心，但是，大概因为他死去的妻子，最后没成。"爸爸说。然后爸爸就告诉妈妈，"你这个大嘴巴，别到处乱讲。"

可是，妈妈当面答应爸爸，一转身就去告诉了红红的妈妈。后来，大家都知道了。女人们好像揪出了什么秘密一样地兴奋。然后说的大概是姜伯伯虚伪，道貌岸然，男人哪有那么实心眼的，再就是军军的妈妈不是个好女人之类的。

就像一尊神圣的高高在上的英雄塑像，突然倒了，碎了。我们小孩子也不屑去他那儿了。至于军军的妈妈，我们背后叫她狐狸精，是她，祸害了我们的偶像。

我突然有一种负罪感，那一切，都是我的告密造成的。后来，我一直避着姜伯伯。有时候，下班他回来，我就绕道走。

过了没多久，军军的妈妈，居然穿得干干净净、漂漂亮亮地来我们这儿。在那些楼下闲坐聊天的女人们好奇的鄙夷的目光里，很沉着地敲开了姜伯伯的门。这次，人们倒不知说什么好，好像一片阴暗角落的雪见了阳光，化了，反而没什么可说了。

我们渐渐长大，后来陆续搬出了那幢楼。有一天爸爸拿来喜糖，说是姜伯伯结婚了。

三十年后，我回到故乡，碰到瘦猴，现在他胖得都有啤酒肚了。怀旧的我们说去小时候的地方转一转。红红应该还住在那儿，不过那幢楼拆了，又重建了。其实，我们都想着那个孩童时的偶像，只是谁也不说。

当我们来到那幢楼时，看见一位老人正把一盆兰花搬出来晒太阳。八十多岁的人，身板居然还那么硬朗。走近了，是姜伯伯！他也认出我们了，非要把我们拉进去。一个穿着红衣的老太太迎了上来。"你是真真？"老太太又端水，又上水果。她就是军军的妈妈，八十多岁了，皮肤白皙、细腻，居然还很漂亮的感觉。

"如果有空，我愿意再跟你们下一盘棋。"姜伯伯说。

父亲的秘密

"去把我柜子最下面的抽屉打开，把里面的东西取出来。"父亲说。

她打开抽屉，拿出那宗卷轴，在父亲的床边打开。"馨兰，我可以去见她了。她一定不认识我的模样了，我带上它，她就知道了。"父亲说。随即，父亲握住了母亲的手，"我的一生没什么遗憾了，你把这个家照顾得很好，我们还有这么优秀的一个女儿。"

父亲闭上了眼睛，脸上有隐隐的笑意。

一位德高望重的书法名家，本地书法协会的创始人，在家里寿终正寝，享年九十岁，真是好福气。这个城市的人们都这么说。

其实，她早知道父亲的抽屉里有这么一件作品。父亲为人坦坦荡荡。平时深居简出，从书画院下班回来，在家就是读帖、临帖或看书，有时候，为了创作废寝忘食，写了扔，扔了又写。父亲没有什么秘密。他早年和一些书法大家及名人的通信，记者来采访，说是借去扫描，迟迟不还，后来又各种借口，说找不到了，父亲也不计较。多少年后，有朋友说那些信件拍卖起来值多少了。父亲只是笑笑说："情意也能拍卖吗？我不在乎这些，但是，当时应该复印几份，老了看看也好。"

唯一神秘的是父亲这个樟木柜子，其他抽屉都不上锁，唯独最下面的抽屉，常年紧锁着。搬过两次家，这旧柜子始终没有处理掉，抽屉也还是上着锁。

她二十多岁的时候，有一次，父亲开过抽屉，电话铃响了，他去接电话，没来得及上锁。那个电话有点长，她就往里看，是一宗卷轴，她打开，是一幅竖版行书。年月久了，那纸已经发黄，还有了斑点。作品抄的是秋瑾的《黄海舟中日人索句并见日俄战争地图》："万里乘风去复来，只身东海挟春雷。忍看图画移颜色，肯使江山付劫灰。浊酒不销忧国泪，救时应仗出群才。拼将十万头颅血，须把乾坤力挽回。"落款处，她记住了"丙寅年馨兰学书"。那字写得真好，秀雅又极有风骨，字里行间都有着芝兰般的气息。

父亲的电话结束了。她慌忙装着翻书架上的书。父亲进来后又把抽屉锁了。

馨兰是谁呢？她把她知道的书法家，尤其是女书法家排了一遍。好像没有落款用馨兰的。看纸张，应该是非常旧了，那个"丙寅年"，应该是1926年吧，她总觉得，父亲的心里藏着秘密。

　　那天，她试探着问母亲，有没有一个叫"馨兰"的书法家。母亲满脸的惊讶："馨兰是你小姨读中学时给自己取的笔名，很少人知道，你怎么突然问起这个？"

　　原来是小姨。小姨是一位烈士。她出生时，小姨已经不在人世了。地方党史里，有小姨的事迹，但非常简短。照片上的小姨戴着眼镜，秀气、文静。外公家是名门望族，但小姨很"叛逆"，中学时就参加革命，组织学生运动。后来，小姨去莫斯科留学，回来做地下工作。有时，她烫着头发，穿着华丽的旗袍，出入社交场所；有时又衣着邋遢，去菜场逛，跟别的家庭妇女打麻将。她获取了不少情报，可是，一次行动时小姨暴露了，被枪决了。当时她才二十二岁。

　　她怎么也没想到，小姨的字写得那么好。"你小姨的字，比现在一些所谓的书法家不知要强多少呢。她曾经在你父亲这里学过书法。如果她走的是学书法的路，现在肯定是高手。她十八岁时字就写得非常好了。你父亲说，他的学生，没有一个有这么高的悟性，她若坚持，前途无量。但是，她从小就崇拜巾帼女侠，秋瑾就是她的偶像。她说，国难当头，再没心思舞文弄墨。"

　　其实，母亲没告诉她的是，当年父亲和小姨互生爱恋。

但碍于师生的名分，双方都没有表达。而且，小姨已经决定走革命的道路。父亲是一个旧式的知识分子，他那时想的就是怎么写好字，画好画。"你既然认准了这条路，以后就不会专门的学书了。你写一幅作品给我吧。"父亲说。于是，小姨去写了一幅作品。那幅作品，还是母亲看着她写的。小姨牺牲后的三年，父亲因为家里催婚，他提出要史家的姑娘。于是，母亲就嫁入了这个家。

那幅作品，母亲是知道的，但是，从不提及，是怕父亲伤心。

她呢，隐隐感到一些什么，但是，也不提起。既然父亲锁得这么深，他肯定不愿别人知道。

这幅作品，成了三个人的秘密。

"你小姨的那幅字，让你父亲带走吧。"母亲说。

她连夜叫来了搞摄影的朋友，把字拍了下来。

多少年后，她也成为白发苍苍的老太太了。那天，十八岁的孙女拿了作品给她看。孙女是省书协最年轻的会员，人见人夸，说她是才女兼美女。"不要以为你的字写得很好了。这字，通篇的气息就是浮夸。现在一些书法家们的字，还不如以前郎中先生开方子写的字呢。"她说。孙女不以为然，还是一脸的骄傲。于是，她拿出了小姨的那幅作品的照片。"这也是一个十八岁的姑娘的作品，你好好比一比。"她说。

康王爷

　　"康王爷"的真实姓名叫康四海。"康王爷"这外号怎么来的？那时他五六岁，糯米团一样的白，乌溜溜的大眼睛，肥嘟嘟的小嘴，人见人爱。奶奶经常带他去看戏。看戏，看的都是帝王将相、侠客义士、才子佳人。他看得入迷。有一次，他从家里翻出一顶罗宋帽，拿两根长木条在帽后一插，戴在头上，大摇大摆，见人，大拇指往后一跷，大声道："我是孝闻街黄鹤池赫赫有名的康王爷！"于是，"康王爷"就叫开了，老的小的见到他都打趣他。

　　康王爷崇拜英雄，少年时，八个样板戏流行。深入虎穴、气冲云霄的杨子荣就是他的偶像。他还找到一块木头，捣鼓半天，做成一把枪，再用墨汁染黑。他最喜欢的是让小伙伴扮坏人，自己则抡起那把枪，"砰！"看着"坏人"应声倒地，一动不动，他昂首挺胸，洋洋自得，俨然觉得自己就是一个英雄。

后来，他考入了地方戏剧团，而且演上了英雄人物，端上了"枪"。可是，"枪"却让他遭遇了一次尴尬。那是演《海岛女民兵》的时候，他演参谋长，腰里别着一把仿真枪，里面装着火药。他在候场时，手指不安分地摩挲着枪，无意识地扣了扳机，枪响了！当时，台上的"海霞"正在巡逻呢。观众倒没在意，还以为是特意安排的。领导大光其火，说他是故意的，要处分。也有人在一旁说风凉话，说不就是凭着一张脸，得了好角色吗。最后，平时对他正颜厉色的师父，好话说了一箩筐，领导改了口，勒令他写检讨。"这样的素质，配演英雄吗？"领导还撂下一句话。那一次教训太深刻了。从此，他候台时，就默默站在那里，站得像一棵松。有时，第四场才有他的戏，他第一场就在穿衣服了，穿好戏服在一边静静观看，寻找感觉。

有一次，演《艳阳天》，他扮演英雄人物萧长春。但是，演老地主马小辫的演员临时生病。怎么办？他顶了上去。因为，每次候台时他都在观察，马小辫的一举一动和台词，早就烂熟在心。这两个角色反差那么大，但他演得如行云流水，一气呵成。这一来，原先说他靠着一张脸占了便宜的演员再无二话。

云舒云卷，潮起潮落，康王爷在地方戏的舞台上一守就是四十年。其间，戏曲低落的时候，剧团好些人都离开了，他却坚如磐石。如今，他的唱腔炉火纯青，塑造人物，能文能武，亦庄亦谐。团里要排一出新戏。他提出让徒弟演正角，自己演反角。剧中一幕是徒弟扮演的英雄抢起枪，将他扮的叛徒给毙了。叛徒从"山上"摔下来。排练时，徒弟有些心不在焉，总进不了角色，可他每一次都是真"摔"。彩排时，他一个不慎摔伤了肩膀，第二天连手都举不了。导演提出调整动作，可是为了演出效果他坚持不改。怎么办？他硬是靠吃止痛药完成了动作。徒弟在旁看得掉泪，从此再不敢马虎。这只手，直到现在还不大提得起来。有些托举的动作，他得借助腹部的力量完成。

那天，康王爷回孝闻街看母亲。一位老人，携着孙子在溜达，看到他，大拇指一跷，对着孩子，朗声道："他，孝闻街黄鹤池赫赫有名的康王爷！"康王爷听了，眼睛里渐渐浮起了记忆的烟云。

馒头王

    王小四有一双灵巧的手。这双手，好像是专门为揉捏面粉而生的。大饼、油条、馒头、包子、烧卖、发糕、条头糕、方糕、金团……南北糕点，他一学就会，做得又好看又好吃。初中毕业，他就摆弄起点心摊，翻着花样做点心。

    王小四手很巧，但是算术很差。如果客人买得少还好，如果买各式糕点且买得多，他就算来算去算不清楚了。他低着头，嘴嗫动着，算到一半又混了，重新算。这时，客人急了，说："我有事儿呢，我算给你听。"客人就叽叽呱呱地算，王小四就傻乎乎地听，然后接过钱，憨憨一笑。久而久之，忙的时候，他干脆让客人自己算，自己投钱到铝盒子里，自己找钱。有人说："你就这样放心他们呀？"王小四说："街坊邻居，怎么会坑我？抹掉点零头也没关系，多照顾我生意就行！"

他起早摸黑，守着他的点心摊，连谈对象的时间都没有。同村的姑娘小梅，最爱吃王小四做的馒头，隔天就让他爹去买。天长日久，小梅就上了心了。她爹好几次跟她说对象的事，她就说："我如果嫁到别处去，再也吃不到你买的馒头了。"多讲几次，她爹就咂出味来。可她爹不甘心，嫁个做糕点的，小本生意，啥出息？而且，同个村的，"荠菜马兰头，姊姊嫁在后门头"，说出去一点面子都没有。"爹，我保证他有出息！"小梅说。禁不住闺女的软磨硬泡，她爹终于同意了。

于是，小梅和王小四结婚了，婚礼那天，村里每个人都分到两个大馒头，上面盖着大红的印，一个是红双"喜"字，一个是繁体的"发"。

没过几天，小两口商量起糕点生意。

"做得多不如做得精。就做最拿手的两样吧。"

"我最拿手的就是馒头和松花金团。"

"那就专做馒头和松花金团，其他的慢慢减下来。"

王小四听小梅的话，很快就把心思花在做馒头和松花糕上了。怎样和面，怎样搓揉，怎样蒸，怎样掌握水温、火候，精益求精。他的馒头，个大、雪白、结实细腻，味道极好；他的松花金团，松花撒得均匀，花案清晰，香甜软糯。而且，他坚持三不卖，粉馊了不卖，馅子渗出来了不卖，那图案模糊了也不卖。这农村里，大家用得最多的是馒头。造房子上梁要扔馒头、抢馒头，祭祀要用馒头，红白喜事都要用馒头。因为王小四家的馒头最好看，最好吃，大家就认准一家了。要他家的馒头就得预订。很快，他的点心摊成了点心店，店铺越来越大，这"馒头王"的外号就叫出来了。

"大伙条件好了，你不能老是做白糖、豆沙馒头，得做各种馅的，如菜馒头、肉馒头，而且，可以试试做玉米馒头、南瓜馒头，个头也不用太大。吃不饱饭的日子早就过去了。"小梅又说。

风风雨雨二十年，"馒头王"样样听小梅的，但有一天，小梅说要雇人做馒头，"馒头王"就只摇头。

"跷着腿做老板，有什么不好？"

"做馒头是我的本分。而且，你也不想想，雇人的话不就把我的秘诀给泄露了？"

"好你个王小四，你其实也挺会盘算呀。"

日子越过越好，村里人开始到超市买各种精美的小点心，味道好，而且是小包装，携带方便。这时，"馒头王"的馒头开始受冷落了。按小梅的想法，干脆转行，不做也行。家里有积蓄，儿子媳妇办企业，很红火。那天，"馒头王"去超市买了一大堆点心，一样一样地尝，尝一样，就嫌弃一样，说这个添了啥，那个又加了啥。"我可不想让我孙子孙女吃有添加剂的糕点。"他自言自语。

"馒头王"又做起各式点心。什么金团、香糕、橘味糕、京枣、年糕干等，有些，他本来就拿手，有些，他学着做。成年人一尝，说那是童年时候的味道。孩子们吃了，说："原来爸爸妈妈小时候吃的东西也挺好吃。"

"馒头王"说，谁要学做糕点，他都免费传授。

"这入口的东西，一定得让人放心。"他说。

草花阿三

在我们这里，"草花"专指滩簧戏里的丑角，兼反串老旦的。"阿三"呢，本地话"天下没有好阿三"，于是，"桥头阿三""五更阿三""抠蛇阿三"等，都不是什么好词，都是说人游手好闲，不务正业的。

偏偏有一个人，他叫"草花阿三"。他可是个活宝，当真人见人爱，花见花开。他为什么有这个绰号？因为，他唱滩簧，扮的是"草花"。退休后，他还做了本地电视台《桥头阿三》栏目特邀主持人，反串一位老婆婆，用滩簧的念白与唱腔给大家谱唱气象，淘老古，幽默诙谐。他的节目，那些老头老太，甚至年轻人都爱看。哪天他因故没有出现在栏目里，有些老人第二天一整天就舒展不开眉头，拿着孝子贤孙开涮呢。于是，那以后，大家就这样叫上了。

这"草花阿三"属猴，天生机智伶俐，善于模仿。小时候，他跟着奶奶去看戏，戏里的情节都记得住，还模仿演员咿咿呀呀唱，声音稚嫩，童趣十足。他不仅模仿戏中的人物，还模仿村里那些踮着小脚的阿婆，佝偻着背，踏着小碎步。阿婆上来要责骂他时，他不仅不逃，还扭动着小身板，模仿阿婆的动作，做起"哑剧"来，顿时，逗得阿婆和周围的人咯咯笑。

读书对他来说，不难，但每天坐板凳，那就太难受了。十三岁那年，本地剧团招生，他就悄悄跑去报名。这队伍排得真长啊。轮到他了，他唱了一曲地方小调"五更调"，被主考老师一眼相中，成了剧团里年纪最小的演员，大家都叫他"小小人"。

"小小人"人见人爱，就是去买面，剧场门口的面店都给他双倍的料。可是，演出时，他只能演小孩，大部分时候没他的事。偏他又耐不住寂寞。那天，前台，剧中的恶婆婆正在百般刁难儿媳妇，后台，他开始模仿上了，跷着兰花指，扭着小身板，捻着数珠，叉腰、跺脚、击掌、撇嘴……逗得大家哈哈笑，有一个上台还笑了台。领导很生气，但转而一想，眼看"草花"艺术要后继无人了，何不让退休赋闲在家的老艺人来教他《卖草囤》《扒垃圾》等滩簧戏？这样，可以传承"草花"艺术，同时，给他打基础。于是，曾经大名鼎鼎的江城第一"草花"来教他，团里还让一个演旦角的小姐姐陪练。

可"小小人"心里犯嘀咕："为什么没人学的东西让我学呀？"不仅他这样想。剧团不少前辈也有想法。"小小人"眉清目秀、唇红齿白，是块小生的料，怎么就让他学"草花"？

学唱时，"小小人"借故不停地上厕所，偷懒。

"学拳不如学唱，荒年用着一招。'草花'又叫'草衣'，我们做'草衣'的，上山下海岛，老百姓最爱看啦。他们把新嫁娘的嫁妆被拿来给我们睡呢。"师父不气不恼，摸着他的头说。

这一来，这小人儿就动心了。师父倾囊相授，"小小人"学得认真，很快就崭露头角。

但是，要说不委屈，那是假的。往后长长的日子，尽管他一出场，观众都笑得前俯后仰，尽管，上山下乡，他盖的是嫁妆被，但是，剧团演的大都是新剧，大部分时候他都演配角、跑龙套。评先进，轮不到他；论职称，人家先上。到退休了，也就评了个二级演员。

一退休，本地电视台就来请他做主持人。其实电视台早就瞄准他了。现在，娃儿们个个普通话说得很溜，方言都不会说了，这个时候，弄个方言类的节目，那就是接地气。何况，他能唱能跳，张口就来，顺口就编，果然，他一上节目，就风生水起，收视率爆棚。

三天两头上电视，怎能不红？本地的业余剧团，纷纷来聘请他做导演。他还开始为业余剧团写剧本。因为写剧本，他认识了许多文化人，仅小学毕业的他勤查字典，不耻下问。他重新整理滩簧小戏时，格外重视剧中地名的变迁，唱词的押韵，而且把原本一些色情低俗的东西滤去。大家都在叹息地方戏剧同质化现象严重，他重新排演的滩簧戏，原汁原味，让人耳目一新。

现在，他一出门，大老远就有人喊"草花阿三"。他也不生气，两手作揖。有时候，讲起一些名角退休后的失落、颓废，他会说："这人该有多少好日子，上天是公道的。"

爷爷是个老酒包

来了贵客，是爸爸的老战友，在山里打游击时一起出生入死。老友相见，自然要畅饮。

勤务员端着酒上楼，被他拦住。"这酒，这菜，我来端！"勤务员一听他说，乐得如此。

"咕咚咕咚"，勤务员一下楼梯，他立刻打开那绍兴老酒的盖，喝上两口。

第二次，勤务员又来送酒，又被他拦下，等勤务员下楼，"咕咚咕咚"，又是两口。

真香啊，绍兴老酒就是香，还有点甜甜的。接着，他的脸上就有了酡红。等他第三次进门时，爸爸已瞧出端倪。"你小子，背着我们在偷酒喝呢！"

客人走了，爸爸开始责备他，并问他什么时候学会喝酒了。

那是暑假在爷爷家。爷爷每天都喝酒，他陪着爷爷，有时候好奇抿上一口。"奶奶说，爷爷这个老酒包带出了我这个小酒包。"（老酒包，当地方言，犹言酒鬼）他理直气壮。

"你小子，大人可以喝酒，你小孩不能喝！喝酒的坏处多着呢。"爸爸说。

过了几天，他跟爸爸去喝喜酒。小孩子有专门的一桌，而他，被排在大人桌里。主家还给他倒上了绍兴老酒。旁边的叔叔们撺掇他喝，他就喝起来。这时候，坐在中间那桌的爸爸看到了，瞪了他一下。但是，这时，新人来敬酒，爸爸的脸上绽现笑容，一门心思向新人道祝福了。

回来，爸爸对着他厉声呵斥："以后，小孩子就跟小孩子坐，不许坐大人桌，更不许喝酒！"爸爸说。

妈妈听到声音，走过来了。

"人家让他坐大人桌，那是因为我是一把手。今天他坐大人桌，喝酒，以后还有人会请他去喝酒，给他送东西，这不是害了他？"爸爸说。

"这酒，还不是他爷爷这老酒包给惯出来的！"妈妈小声嘀咕。

"住嘴！"爸爸的脸凝重了。"儿子，为什么爷爷那么喜欢喝酒？爸爸和战友在山里打游击，爷爷被敌人抓去了，严刑拷打，要他说出我们的下落。爷爷就是不说，他们什么刑都用过了，坐老虎凳、灌辣椒水、烙铁……爷爷身上到处是伤，一到晚上，特别是天气不好时，疼不过，才喝酒。只有喝酒才能减轻疼痛。以后，不许叫爷爷老酒包。爷爷喝酒是出于无奈。"

从此以后，他每次去看爷爷，只是一个劲给爷爷倒酒，夹菜，自己则滴酒不沾。后来，参加工作，第一个月的工资，就是给爷爷买上好的绍兴花雕。

那一年，为响应祖国的号召，他放弃了五年的工龄和二级工等优越条件，要求当兵去野战军。亲戚十个里九个反对。姑姑是个老革命，这时，居然也"落后"了。这也难怪，三个侄子，一个带头去支援边疆建设，留下腿疾，在那边安了家；一个，在乡下，还没回城。留在父母身边也就他一个了。去野战军，说不定什么时候就上战场。姑姑甚至找了爸爸的战友何司令，让他在报名处把他的名给除了。可是，他坚决不肯，爸爸也支持他。

"儿子，爸爸今天请你喝酒！"临别前的晚上，爸爸打开了一瓶十五年陈的绍兴黄酒。爷爷也撑着病体赶来了，爷爷端起了酒碗。"孩子，你要平安归来。我这个老酒包，以后清明忌日，还想让你在我坟前洒酒给我喝呢。"

四明山心

中华人民共和国成立后，一切都安定了。卢灵去四明山中，去找那个曾经的保长。

他得到的是保长已畏罪自杀的消息。

"卢同志，你是不知道啊，那保长绝不是'白面红心'，他是个两面派，坏事做尽。你们出钱托他埋葬烈士，他是钱落腰包，弃尸不管。我们也不知道后来四位同志的尸体在哪了。"老乡说。

他的心疼起来。转即，他去了太阳岭，那个大队长他们牺牲的地方。他带回了两块石头，这石头，因为当地的丹霞地貌，是红色的。这红色，更让他想起倒在血泊中的大队长。

此后，多少年了，夜阑人静时，他总是抚摩着那两块石头。1943年的那一幕，清晰得如同昨日。

夜，黑沉沉的。那是黎明前最黑暗的时候。战士们爬过七百多米高的杖锡山顶，经过燕子窠，越过仰斗毛竹山，沉着而迅速地直扑敌人驻地——大俞村。周围是密密的竹林，十一月高山上的风，寒凉彻骨，但他们浑然不觉，他们悬着一颗心，秘密向敌人的阵地靠近。

此时，他的鞋带松了。"小鬼，别怕！到时，你就跟在我后面往前冲。"大队长上官鸿帮他系好鞋带。

敌人的排哨已经清晰可见，战士们两眼冒火。这时，在后边指挥的大队长上官鸿一个箭步冲上前去。敌人端起枪疯狂扫射。在相距敌人工事不过五十米的密集火力网点——太阳岭顶，大队长饮弹身亡。战士们亲眼看着他倒在血泊之中，顿时，复仇的火焰熊熊燃烧，大家踏着大队长的血迹，前赴后继，拂晓，消灭了红岩头敌人一个排哨，占领了制高点，为大俞战斗扫除了障碍。

战斗频繁，部队辗转作战，没有时间安葬烈士。部队经过燕子窠时，出钱叫当地的保长安葬大队长在内的四位烈士。

大队长是老红军，后来调来四明山根据地，先是担任教导队的队长，后来又调到作战部队，担任了他们三支一大的大队长。他三十来岁吧，中等身材，脸庞清秀，文质彬彬，和蔼可亲。作战时临时编在一起，没多少接触，甚至单独打招呼的机会也不多。

他到底是哪里人？牺牲时确切的年龄？他家里还有什么

人？埋骨的地方找不到，卢灵就去信向部队负责组织联络的同志询问他的其他情况。可是，好多干部的资料在战斗中已经遗失。他也数次上四明山，都追寻未果。

七十岁那年，卢灵和党史办的两位同志再次上了四明山。这次，他们决定一个又一个村，一户又一户地去问。

终于有了线索。军民情深，当时，保长弃尸不管，却有群众自发去为烈士收尸。两位山民，悄悄用竹篱裹着烈士的尸体，抬下山去。在另一个村的山口，他们挖了坑，铺上松木棍将烈士分别土葬。中华人民共和国成立后，那个村的支部书记发动全村社员把分散土葬的四位烈士遗骨一具具从土层里挖出，将他们集体安葬在杖锡山顶名胜古迹"四明山心"附近的平坦山地。没有墓碑，村里的小学生每年清明上墓地去祭扫。

其中一位山民的儿子说，他亲眼看见，父亲抬走的尸体中，有一位，身材中等，脸庞清秀，手指细长，长相挺文气，身上穿的是灰色军装，里面是针织毛衣。他的肩上还挂着一截匣子枪背带，枪已不在了，腰间还系着一个小小的粮袋。

"是他，是他！他就是我们的大队长。"卢灵的心跳起来了。

正是清明时节，他们来到了四明山心。

四明山心，那是一处摩崖石刻，巨石上是四个隶体大字"四明山心"，没有落款，不知道年代。有人说是汉代人写的，也有人说是宋代。"四明山心"，意思是此处是四明山腹地，亦是四明山的心脏吧。那无名烈士墓旁，都摆满了映山红，还有香火的余烬。人们没有忘记他们！

时光荏苒，当九十多岁的卢灵缠绵病榻时，他的女儿带来消息："爸爸，大队长是福建人，网上查到了。但是，他的家人还没找到，我们继续在找。您放心，四明山心旁的烈士墓落成了，会有越来越多的人知道大队长。"

卢灵再次将目光投向案上那两块红色的石头，嘴里喃喃道："四明山心，四明山心，四明山的心脏！"

牵牛花

他和她吵架了。那一夜，成了他们在一起的最后一夜。

其实也就为了一句话，面子上下不来。他很骄傲，她也很骄傲，最后，不欢而散。

第二天清晨，她发现露台上的牵牛花开了。蓝色的牵牛花，那么娇柔，那么可爱，像一个个小喇叭。她想起她珍藏着的那条真丝围巾，是他送的，白底子蓝色牵牛花的图案。他知道她爱读郁达夫的《故都的秋》，也喜欢蓝色的牵牛花。她家露台上就种着牵牛花。但是，她也有种隐隐的不安，牵牛花有一个别名"朝荣"，常常是在清晨开花，清新妩媚，可太阳渐渐高时，花就蔫了，最后就闭合了。

这不也像他们的爱情吗？这凋零得也太快了。望着那一朵朵牵牛花，她的惆怅和悲哀，就像蓝色的浪波涌上来。天知道，她有多爱他。他那么优秀，到哪里都熠熠闪光，她其实就是不自信，怕失去他。但她的敏感和自尊，又让她表现得不在乎的样子，高傲，甚至有些任性。而他呢？对待感情很专一的，但他很矜持，他不会甜言蜜语地哄女孩子。

他们开始了冷战。其实，他们心里都念着对方，只是，太年轻了，都憋着一口气。"他如果爱我，怎么就不肯让一点儿，怎么不先打电话给我？可见他是薄情寡义的人。""她那么决绝的样子，我再打电话去，岂不是自讨没趣？"

长长的一段时间，她经过曾经约会的地点时，心就疼。怨恨、失望，离愁别绪就像针一样扎着她。他经过那个地方时，就感到郁闷、自责、无助，一筹莫展的感觉。

那条牵牛花的丝巾，她曾经想剪了烧了，可是，她舍不得，下不了手，还是锁进了柜子。

三年过去了，时间是最好的良药，种种煎熬最后释然、放下。但每年牵牛花开的时候，她还会莫名地忧伤。时间又是一面筛子，嫌怨、猜忌被滤去了，只剩下温暖、美好的东西。有时，她甚至想，时光如果倒回，她一定不会那么任性了。那天，去赴朋友们的约会，那件上衣，没有合适的围巾，她想起了他送的那一条。她坦然地围上了那条围巾。

镜子里的自己，因为这条丝巾，变得那么娴雅、美丽。而且，这丝巾还那么新，那么亮泽，上面似乎还有他手的余温。晚上，回来的路上，不知怎么，她期望着他迎面而来。

就像刚分手的时候，在路上走，她常常滋生这样的期盼。她似乎觉得，丝巾上聚焦着一道灼热的目光，她四处顾盼，没有异常，她仍然寻觅。接着，她似乎感受到了目光的方向。倏地，在一堵墙边，她看到了他，灯火阑珊，他正在微笑。

因为这条丝巾，他笑了，像牵牛花开了一样笑了。

于是，两人又走在了一起。

大个子女人和她的小丈夫

这对夫妻，怎么看都不般配。

女的，人高马大，浓眉大眼，总是穿着青布的斜襟衫，常年一双布鞋，她的脚真大，那鞋就像船，当她走起路来，好像这船就带来了风。男的呢？眉清目秀，短小精悍，眼角眉梢都透着股机灵劲儿。不要说女的比男的高过一个头，就是岁数也大他三岁。

女的偏偏有一个纤柔的名字：诸葛秀云。男的偏偏又叫做"高大山"。年轻时，机灵的高大山被一家国营大厂相中了，招工到大城市去。虽然是当个炊事员，好歹旱涝保收。大山家里就想着娶个身强力壮的媳妇，能够顾上地头的活儿。秀云，那可是可以顶一个男劳力的。而秀云家呢，觉得找个工人很光荣，而且秀云人高马大找婆家也难。于是，这事就成了。虽然，那两人都不情愿。"反正她在家忙，我在外面，也省心。再说，我个子这么小，找那么个铁塔样的媳妇，儿子将来会高一点。""反正，他也不常来，我也乐得个清净，无拘无束。"各自这么想着，也就将就着了。

"自盘古开天地，天为阳，地为阴。雄为阳，雌为阴。天在上，地在下，男主外，女主内。你嫁过去，要守规矩。女人，越柔顺越有福气。"诸葛秀云那读过私塾的叔父，在出嫁前给她讲道理。"嗯，记下了。"秀云说。秀云没有读过书，但她特听叔父的话。

好多年了，这两夫妻相安无事。大山一年中也就有十来天探亲假。他回来，秀云照样干活，带孩子，日子不咸不淡。

大山在厂部食堂掌勺、打菜。一个叫杏花的女工，长了双杏花眼，一个眼神过来，那柔柔的眼神就像带了钩子，勾住了大山的心。于是，大山每次打菜时，都给她多一点儿。天长日久，心照不宣。杏花的男人长得一表人才，但是，有一次地震时吓坏了，从楼上跳下来，成了瘸子，厂里给了他一个照顾岗位，活少，钱也少，家里很拮据。杏花在大山这里，得了公家不少便宜。休息日，大山自己炖了鸭子或做了排骨，也会给她送去，说是给她儿子吃的（大山认了她儿子做干儿子。）。这两人的关系，在厂里，已经成了不是秘密的秘密。

四十多岁时，秀云到大山的厂里做了家属工。他们的儿子，文静秀气，是块读书的料，但是，读书得花费。种庄稼钱来得少，又不保险，于是，秀云提出到厂里，可以兼几份工，搞卫生、打杂之类的。大山虽是十二分的不愿意，也没办法。

秀云人勤快，又爽气，喜欢帮人家。不知怎么，邻居都喜欢这个一身土气的乡下女人。偶尔跟她攀谈，秀云讲不出大道理，但话说得实诚。她从不家长里短，也不搬弄是非，比起大山的嬉皮笑脸、插科打诨，秀云更像个男人。

"大山，你做得一手好菜，怎么每天都是你媳妇做菜？"串门时，邻居就问，其实是替秀云不平，她每天干得累死累活，回来还得伺候大山。大山呢，吃饱一抹嘴，就出去闲逛，和人侃大山。当然，有时，大家说他是去"杏花村"了。这件事，也就秀云蒙在鼓里。"家里的锅和食堂的大锅不一样，我烧不好。"大山说。而秀云什么也不说。她心想，男人在外面给那么多人做饭吃，回家，难道还让他做吗？

这两夫妻从不吵架。老式房子走廊是公用的，为了柴米油盐谁家没吵过，且一丁点动响大伙都知道。想来大个子的女人是让着她的小丈夫的，否则，以她的身板、力气，把丈夫撂倒是轻而易举的事。可是，有一次，秀云发出高亢的哭声，这哭声，还真像他们老家的绍剧那样激越悲壮。她不会骂人，说来说去两句话："你个不要脸的，你在这里是你大，绍兴地区总是我比你强，你敢回家去评理？"而那个能说会道的大山则闷声不响。这女人哭了整整一上午，谁去劝她只是哭，好像要把一生的委屈都吐出来似的。到底为了什么事，邻居们不知道但似乎又有点知道。

这次吵架后，秀云蔫了很长一阵子，脚步也钝了起来。过了一阵，又恢复原样。而大山呢？好像在家的时间长了，不往外跑了。他开始打小麻将。后来，每晚他家都必开一桌。秀云也不恼，麻将打到几点，她陪到几点。对于麻将，她一点也不懂，也不喜欢看，输赢也不问。有人对她说大山赢翻了，她淡然。碰到大山手气不好，不断借故上厕所（为了转风头），她心里有数，表情也淡然。大山好像把所有的喜怒哀乐都寄托到了麻将上。一边打牌，一边和人插科打诨。牌和了，手舞足蹈，哈哈大笑。输了，满脸懊丧。大家说，他如果哪天不打麻将，那是他病得实在不轻了。

后来，大山不打麻将了，他真的得了重症。而秀云，在病床前给他端茶倒水，衣不解带。她不哭也不怨，甚至把消息瞒着，好让儿子安心读大学。只是，背地里去邻居的一个老中医那里问药方。为了药方，她癞蛤蟆、蜈蚣都捉过，还不断地挖了草药研磨成粉。

有一天，杏花和儿子一起来看大山，秀云借故去买东西。回来，把病床边的一些水果、糕点让杏花带去，说是吃不了。"秀云我对不起你，她……"大山说。没想到秀云不让他说下去："我知道她是谁，大家都不容易。"

大山的病，居然奇迹般地好了过来。病后，他做的第一件事就是到菜场，买了很多菜，做了满满一桌，说是要让秀云尝一尝。

观众

第一个晚上，他戴着墨镜，由一位姑娘搀扶着，颤巍巍地走到前几排的座位上。戏开始了，他微仰着头，身子笔挺。虽然墨镜遮住了眼睛，但脸上的表情随着情节的起伏而变化。有时候，他一边听，一边合着台上的唱，嘴巴轻轻蠕动，一副陶醉的样子。

第二个晚上，他仍然由姑娘搀扶着来，仍然坐在前几排，一样的专注，一样的痴迷。

作为剧团负责宣传、营销一块的副团长，每次戏上演时，我常常躲在侧幕后的一角，暗中观察观众的反应，留意掌声和兴奋点。这个戴墨镜的坐前排的古稀老人，引起了我的注意。戏散场了，我特意走到他身边，问他是否明天还来？因为我知道，明晚是最后一晚，压轴大戏，票非常紧张，连内部掌控的都所剩无几了。他说没买到戏票，一脸的遗憾。他一开口，我吃了一惊，他的声音，那样清亮，完全是年轻人的，和他沧桑的面容有很大的反差。这声音似曾相识，但记不起来。我点明自己的身份，并说可以赠送戏票。

"有没有前几排的？我爷爷喜欢离舞台近一点。"旁边的姑娘说。恰好，第一排的票还有，我给了他们两张。

其实，赠票，是感动于他对甬剧的虔诚，同时，也是由于私心。为了宣传我煞费心思。古稀老人连续三晚来看戏，这不是一个很好的新闻由头吗？

第三天，他来了，手捧一大束鲜花。整个看戏过程中，他一直抱着花不放。谢幕了，姑娘扶他一起上台献花。这时，意外的一幕发生了。他问是否可以给他一下话筒，拿到话筒他即兴讲起来："我虽然老了，眼睛瞎了，可是耳朵还行，这几天我每天到剧院听戏，家乡戏，越听越好听。今天这一出，是老艺术家筱定英的经典剧目。雏凤音清，新秀辈出，筱老师后继有人了。希望江城剧团越来越兴盛。"

难道是他？当他提到筱定英老师的时候，记忆的阀门一下打开了。

筱老师是江城戏剧界的老前辈，德艺双馨，曾塑造过许多经典形象。可是，中年时，她得了癌症。后来，不论是在医院还是在家里，凡戏迷们要来看她，她都婉拒。她的头发掉了，声音也变得干涩，她不愿破坏自己在观众中的美好形象。她也不接电话。临终前，还嘱咐，不发讣告，只通知几位最亲的人。我十多岁进团，和筱老师情同母子，她给了我一张名单，让我一一通知，而且，还指着名单中的"周斌"说，千万别把他漏了。

从筱老师嘴中得知，周斌是一位戏迷，比她小几岁。周先生爱看甬剧，尤其是她主演的，甚至，剧团到上海去演，他也追到上海。她在病中，拒接电话，但周先生的例外。"他知道我病中寂寞，就在电话里唱戏给我听，唱《半把剪刀》《双玉蝉》《拔兰花》，唱了一段又一段。"筱老师说，"他的嗓子真好，跟年轻人的一样。他女儿在美国，要他去，因为我，他一再延期。"当时我很触动。我想象着，一位戏迷，在他所崇敬的艺术家面前，抛开拘谨、顾虑，非常投入地唱，而那位艺术家，静静地在电话那头听一位戏迷唱她曾经唱红过的剧目，那是怎样的一种慰藉啊！

后来，我通知了周先生。电话那头半晌无语，随即，声音哽咽。我记住了他的声音，果然如筱老师说的，很清，很亮。

谢幕后，我问老先生，果然，他就是周斌。"我昨天就知道你是谁了。你是筱定英老师走后告知我的人。我以前也看过你的不少戏。后来为什么不演了？是一门心思抓管理了吧？可惜呀可惜。"他说。老先生转而说起了自己。他年轻时是江城杭剧团的演员，唱作俱佳，可是，文革开始了，剧团被迫解散，他只能另谋出路。他进过工厂、开过照相馆、教过书画、办过公司。"我当初报考甬剧团就好了。甬剧和杭剧，我都会唱。后来，甬剧团恢复了，杭剧团却就此成了历史。"他说。

因为对舞台的眷恋，他成了一名忠实的观众。甬剧上演了，无论是传统戏还是原创新剧，他都静静坐在台下，凝神观看演员的一颦一笑，一招一式，细细品咂他们的唱腔。剧团每一个阶段的主要演员，他们的表演风格、唱腔特点，他都如数家珍。只是，近几年大部分时间在国外，又患了眼疾。

此时，观众均已散去。"老先生，您能给我来一段吗？"我冒昧地说。"好啊！"这次，我和他孙女儿为他拉幕，他颤巍巍地走到台前。"那时候银妆玉楼雪花飞……"他唱起《半把剪刀》中的片段，唱得一板一眼，中规中矩，韵味醇厚。剧院工作人员和一些正准备卸妆的演员闻声走了过来，听着听着，都不约而同地走到台下，坐着听他唱。每个人都凝神屏息，几位老演员，眼中还有隐隐的泪花。

屏风

秦云松是个怪人。这幢楼里的人，看见他，只是礼节性地招呼一声，而他，面无表情地点点头。

他的眼睛，虽小，却很犀利，那投过来的眼神，冷冷的，还有些阴郁。

楼里那几个大大咧咧、不修边幅的女人，看见秦云松就浑身不自在。他冷冷的眼神像一把刀子，轻轻掠过她们蓬乱的头发和走样的身子。私底下闲聊，她们说这个人最"阴"。

那年代房子紧张，家属宿舍跟集体宿舍一样，一家一室，走廊是公用的。大家互相串门，天热时就出来一块儿聊天。但是，没有人去秦云松的房间，他也从来不到外边坐。

四十多岁的他，还是个单身汉。女人们避嫌，男人们觉得他另类。但是，小孩子会偶尔撞进去。每当孩子出来，妈妈必然好奇地问：他的屋子里有什么？

秦云松有一架折叠式的书画屏风。有时候，他的门虚掩着，风一吹，掀开一大角，大家瞪大眼往里瞧，却只看见了屏风的一角。于是，人们就想象：屏风后是怎样的？

那么，听一听孩子说吧：那位叔叔的桌子上有三个大小不一样的放大镜，还有毛笔和砚台。他有两个斑斑点点的竹书架，架上好多小人书，好多是聊斋故事，比如《红玉》《黄英》《莲香》什么的。他有口水缸，养着荷花。他的房间里有一种香，但不是香水的香味。这一说，楼里一位擅长书法的工会干部就纳闷：他也在练书法？他是修机器零件的，从来没看到他写字呀。还有一次，一位淘气的小女孩告诉妈妈，叔叔有画报，叔叔曾指着画上一位很好看的姑娘对她说："你看，她的眼神多么宁静，你呀，也要文气一点。""以后别上他这里去了。"妈妈厉声说。

有一天，楼里来了一位年轻、漂亮的女人。女人皮肤细腻、白皙，墨绿色的连衣裙，腰细细的，眼神柔柔的，脸上带着微笑。她带着一个小男孩，那男孩也非常漂亮。这女人叫于爱珍，是织布车间的女工。她不像一般女工，说话细声细气，从来不说粗话。下班后，衣服总是穿得有棱有角。"哼，又不是坐办公室的，大家谁是谁啊，就她那个狐媚样。"女工们很不待见她。一年前，于爱珍的丈夫遭遇工伤事故，半身不遂。

有几个女工，表面同情实则有几分幸灾乐祸。

于爱珍带着她的孩子进了秦云松的房间。那天，秦云松破天荒地笑了，虚掩的门，屏风后发出他爽朗的大笑声和女人轻柔的俏笑声。楼里的男人女人都好奇地故意从门前走过，但除了屏风什么都看不到。倒是一个孩子进去了，出来，大人迫不及待地问笑什么。

"哦，那个小弟弟以为屏风上那只虫子是真的，用手去捉呢。"

女人坐了一个多小时，带着男孩回去了，但是，人们看她的目光都带了内容。她仍然微笑着。她一下楼，人们就迫不及待地议论开了。

秦云松脸上的线条似乎柔和起来，和人打招呼时也出声了。后来，有人来给他说媒，他说："我要娶的女人，一定要有于爱珍那样的相貌，于爱珍那样的性情。"

这句话一下子引起了公愤。"于爱珍的老公还没死呢，他居然敢说那样的话。""那天去超山看梅花，梅花树下的一对男女好像就是他们。""真不要脸，明来暗往，还带着一个孩子当掩护。"

人们铁定认为这两人出轨，也铁定认为那个女人会离开她那个残疾的丈夫嫁给秦云松。但是，几年过去了，没有。只是，女人隔把月会来一次，也还是带着孩子。门是虚掩着的，露出一角屏风。

后来的事谁都没想到，一天，女人遭遇了车祸，突然就离开了人世。那段时间，秦云松的脸不仅冷，甚至有些麻木。他每天下班回来就把门关得死死的。此时，楼里好多人经过他的门口，他们多希望看到那屏风的一角。看到那一角，他们就会安心，包括那些骂他"阴"的女人。直到有一天，于爱珍的儿子来了，敲开了他的门。后来，孩子不时来，每次回去，总是拎着满满的一个袋子，里面有书，有水果，还有文具。

秦云松一辈子没结婚。他弥留之际，一位英俊小伙来了，正是长大了的于爱珍的儿子。他带来了一张放大的照片，照片上，一个美丽的女人，眼睛柔柔的，含着笑。"秦叔叔，爸爸叫我带来的。"垂死的老人眼中有了光泽。此时，屏风已经撤去，他看到了好多熟悉的面孔，包括已换房搬走了的邻居。

原形

他肖虎，最喜欢画虎。从小，他就在动物园观察笼子里的虎。后来，条件好了，笼子改成狮虎山了，他仍然是痴痴地看着那些跑动着的虎。

有一次，父亲带他到动物园，在一位熟识的驯养员的帮助下，真的抱了一抱虎崽。虎崽还没有牙齿，但仍能听到"呼呼"的低吼声。他抱着它，就如抱着一个孩子，目不转睛地看着。

老虎毕竟不能近观，猫虎相像，于是，他养猫。他亲自给猫喂食，朝夕相处，亲密无间。

他还养过一只小鸟。那小鸟可乖巧啦，经常扑到他手上来啄食，甚至，后来他有意要放飞它，小鸟就是不肯飞走。

让他非常纠结的一件事是：猫每次对小鸟虎视眈眈，小鸟一见猫也躁动不安，在笼子里上蹿下跳。于是，把鸟笼挂得更高些，把猫"支"得远一些，他时常在"协调"它们的关系。后来，小鸟死了。他非常伤心，专门做了一个匣子，把它装到匣子里，把匣子埋在草地下。

后来，他成了一名画家。他的虎可称当地一绝。在他笔下，是姿态各异的虎：有在月下长啸的，有在林中互相戏耍的。有的，下山觅食，凶猛无比；有的，正在听经，表情温和、沉静。而且，他很喜欢"野兽和美女"的组合，老虎的身边常常有女神，或在吹箫，或手持法器在对虎进行训诫。女神的面庞，酷似他的妻子。

"我是把动物当作人来画的。"他说。

一位行家，指着他的那幅"母子图"说："他画的母子多传神啊。母虎和子虎目光相对，母虎的眼中流露出慈爱，而幼虎，又是如此稚气可爱。"也有人说，他画的老虎呀，都不怎么凶，是不是他自己宅心仁厚所致呢？

名声一响，就有不少人上门求画，买画。

一位熟人来买画，他把自己认为画得最好的一幅卖给熟人。那是一只听经的虎，好像得了禅意，格外驯良温顺。但是，熟人却不领情，说这张不好，另挑一张。最后，凡有熟人来，他把所有的画摊开，让熟人自己挑。一日，他悄悄指着离去的那位，笑着说："他把我画得最差的那幅挑走了。"原来，熟人挑的是最硕大的一只虎。

一位领导，也让下属到他这里来买画，说是要威风凛凛的虎。他画了"猛虎下山"，饥饿的虎下山觅食时，是最凶猛的。可是，那边把画退回来了，说要上山的虎，不喜欢下山的虎。

　　时间悄悄地流逝，如今，他囊中丰厚，住豪宅，买名车，离婚后再娶的妻子，比他小二十多岁，美艳、骄矜。他已经摸熟了人们的心性。他笔下的虎，都硕大，眼睛中带着凛然杀气，且常常以仰天长啸的姿势出现。流水线般的作业，换来的是盆满钵盈。家里养的那些猫，他一天天的看它们不顺眼，甚至，有一次，他在逗鸟时，一只猫扑腾着，他狠狠地踢了它一脚，让保姆赶到一边去。

　　再后来，提出要"上山"之虎的那位领导，被判了刑。出庭的那一天，白发、苍老、猥琐，哪有当年的半点威风。"原形毕露啊。"有人说。

　　他的老虎画渐渐卖不出去了，以至于数月之久，卖不出一张。一天，他看到猫，想："我何不画猫？本来，我画虎时，就是以它们为原型的。"于是，提起笔，想画。这时，那只猫却溜了，那神态似乎在说："我早已看穿了你。"

墙

王泉山是村里有名的泥水匠，他砌的墙，横平竖直、上下错缝、内外搭砌，稳稳妥妥，满满当当。

王泉山的妻子姚金枝，是村里的一朵花。她看上王泉山的英俊、壮实，才嫁到了有六个兄弟的王家。婚后，就单门独户地过。王泉山干活笃实，村人砌墙，都找他。姚金枝热情大方，爱说爱笑，大家都喜欢他们。很快，他们有了一个儿子，日子过得和和美美。

那一年，王泉山砌墙时，一不小心摔了下来，于是，左臂没了知觉，而且，还落下了隐疾，从此，不能人道。

王泉山变了，整日耷拉着脸，闷声不响，见人爱理不理。而姚金枝呢，也像缺了水的花朵，蔫蔫的。王泉山不做泥水工了，他就开始种起地来。

　　没有人比王泉山更勤快了，每日起早贪黑。有时，天下起雨，其他的人都赶回来。王泉山仍然冒着雨种他的庄稼。那么多的地，其中平平整整，没有杂草，菜种得一溜直的那一块，就是王泉山的。他一只手种的地，比两只手的都强。

　　日子总要过下去，姚金枝或许想开了。于是，每天在家管好孩子，做好饭菜，等着男人回家。王泉山呢，晚上回来，喝几口闷酒，去打几副牌，然后倒床就睡，日复一日。

　　那天，王泉山从地头回来，他们的邻居李根生来串门。这李根生会唱戏，平时随草台班子四处演戏，回来后就走东串西，谈天说地。他讲起外面的趣事，姚金枝那天开了笑脸，话也多说了几句。王泉山的脸绷得越来越紧。

　　第二天，王泉山用他唯一的那只手，在自己家和李家之间，砌起了一道墙。姚金枝气得不行，"死牛""笨牛"地骂。一个不停地骂，一个埋头执拗地砌。这王泉山还真不赖，一只手砌出的墙，照样四平八稳。

　　王泉山又把屋子旁的柴间拆了，重新砌墙。没多久，一间小平屋盖成了。他用积蓄，开了一家小店，让姚金枝管店，卖油盐酱醋和零食。柜台上摆着几个大玻璃瓶，瓶里有广月饼、水果糖、麻酥糖、豆酥糖还有雪花膏。后来，这王泉山还自己用高粱来酿酒，也在小店卖。

　　不知为什么，他们夫妻的性情跟原来不一样了。王泉山卖酒，酒里掺水；姚金枝每天冷着脸，好像有人欠她三百两。她卖的东西，标价比超市高，有几次，还把过期的东西卖给目不识丁的老太太。村里人心知肚明，但是，因为到镇上买东西不方便，也就将就着买。

等他们的儿子长大做了模具师傅时，王家其实就是村里的首富了。但是，他们永远不知道享受。姚金枝没有一件像样的衣服，每天脸色跟衣服一样晦暗。王泉山仍然牛一样在地里干活。家里很少去买荤腥，夏天，吃来吃去是花生玉米，冬天就是雪里蕻和大白菜。一家子吃饭，很少有笑声。儿媳妇感到压抑，想到镇上买的新房子里去住，他们不许。而且，这个小店，也不让儿媳妇插手，每天，老两口就盘点着一天的收入，只有这一刻，他们面部的表情是舒展的。

交通发达了，村民的日子也宽裕了，大家都骑摩托到镇上的超市买东西。眼看小店生意越来越差，王泉山就想着把烧酒生意做大。他想酿得更多些。院子里那个用来酿酒的小作坊，他要扩大。于是，他又开始拆墙、砌墙。

他家门前的路很宽，他砌墙的时候，超出了几厘米。其实，这种事在农村里司空见惯，但是，李根生跳了出来。当年，王泉山砌墙，村民就怀疑他和姚金枝有染，他忍了。这些年喝了他家掺了水的酒的村民，也都一边倒地倒向了李根生这边。

王泉山的墙已经砌了几十厘米了。第二天一早，他准备再去砌时，发现，墙被铲子、锄头给弄得一塌糊涂。他骂骂咧咧，还想重新砌。这时，村干部过来，严肃地告诫他，如果再占公共的道，还得拆，弄不好要罚款。

王泉山病倒了。他砌了一辈子墙，从来没有被这样推倒过。他的右手狠狠捶向自己的左手。可是，左手一点也没感觉。

等他好了些，儿子让他们去旅游散心。这几十年，除了县城，他们没去过更大的城市。旅游回来，儿子又让他们去镇上的新房子住一阵子。

后来，两人回来了，喜滋滋的。姚金枝好像年轻了好几岁。王泉山也开始和人打招呼。王泉山把自己和李根生家的那道墙拆了。他们还种地、酿酒、卖东西，但东西都和超市一个价。

现在，他们的小店经常有人来坐，几乎成了村里的新闻中心。

游春图

张家小女碧兰，秀外慧中，颇有盛名。

三月三，碧兰随着母亲、嫂子一起去踏青。风和日丽，绿柳飘翠，春山横黛，更有那湖天一色，堤岸迂回。她们游兴未尽，又坐船游湖。船上，张碧兰一双妙目，往岸上瞧去。有人骑马，有人步行，还有两人，在花树间，正驻足观赏风景。其中一个，翩翩年少，丰神俊秀。少年也看到了舟中的张碧兰，惊为天人，目光再也移不开。只是，粼粼波光中舟子渐远，两人都怅然若失。

踏青回来，张碧兰终日郁郁。当日湖上盛景，似在眼前。而那翩翩少年的影子，总是在心头抹不去。可他，又是何方人士，姓甚名谁？自己一个女孩家，又怎好对人说出口。

那一晚，张碧兰神思恍惚，一位女子，生得雪肌花貌，飘然而来。"碧兰，我是钱塘苏小小。当年，我遇阮生，便倾心相许，可是，他被父母家书催回，一去不返。你所见的岸上少年，亦姓阮，他是画师展子虔的好友。他们从洛阳来，一路遍访名寺，观摩壁画。心仪之人，千万不要错过。"说完，她吟诵一诗，飘然而去。

"妾乘油壁车，郎骑青骢马。何处结同心，西陵松柏下。"

碧兰醒来，梦中情景历历在目。那苏小小，乃南齐时钱塘名妓。遇阮郁，深情缱绻。但是，阮郁一去，再也不归。小小红颜薄命，因病而逝，葬在西泠。

"郎如洛阳花，妾似武昌柳。两地惜春风，何时一携手。"梦中的歌吟犹在耳边，张碧兰乘兴写下《寄阮郎》。

可是，遥望洛阳，山高路远，梦，终究是一个梦。张碧兰抑郁而终，那首诗却传开了。

不知哪一年，宋徽宗赵佶，得到了一幅《游春图》。那图，以青绿重着山水，用泥金描绘山脚，旖旎春光，跃然纸上。特别是游春的人，那舟中女子，岸上行人，栩栩如生。此画为隋代画师展子虔所作，没有署款，皇帝就题上"展子虔游春图"六字。

宋室南迁，《游春图》散出，后流入权奸贾似道之手。那日，贾似道遇见一位女子，名李慧娘，花容月貌。于是，强行掳来，让她做了歌姬。这李慧娘终日咽泪装欢。看到《游春图》，看到画中人闲散游春的情景，想到自己如笼中之鸟的生活，潸然泪下。一日，贾似道游西湖，让慧娘等姬妾作陪。雕梁画栋的画舫上载歌载舞，好不气派。此时，岸上一公子，在那桃花丛中，面容清俊，举止风流。慧娘不由脱口夸赞"美哉少年"！

贾似道怒火中烧，回来逼问慧娘，是否情属岸上书生，恼怒中挥剑将她刺死。听属下说那少年乃是太学士裴瑞卿，私下常常诉病自己，于是，派人囚禁了他，欲下杀手。

那慧娘鬼魂，在阴间告状，最后判官允许其返阳间报仇。

慧娘救裴生脱险，四目相对，都觉似曾相识。深情绵邈，但人鬼殊途。临别，慧娘告诉裴生，每年春天，到湖上折花以祭。

"每一幅古画里，每一首诗里，都有故事。千百年来，人物不同，地点不同，故事的模式就是那几种。"八百年后，一小说家和收藏家坐在船上聊天，收藏家说道。

"应该说故事不同，人物都是那几个，才子佳人，一代代在穿越。"缭绕的烟雾中，小说家目光迷离。

此为古画《游春图》所生发出的故事，战乱时，此画为爱国民主人士张伯驹购得。为购此画，他卖掉自己的几处私宅和夫人的首饰。1952年，张伯驹夫妇把展子虔的《游春图》和唐伯虎的《三美图》连同几幅清代山水画轴均转让给了故宫博物院。张伯驹和夫人潘素之间，也有一段倾世之恋，但是另一篇故事了。

稻香楼

这几日，龚鼎孳心绪颇佳。他晋阶一品，复迁兵部尚书。崇祯朝，他因弹劾权臣下狱。降清后，有一次，多尔衮公然在朝堂上骂他无耻。"此等人只宜缩颈静坐，何得侈口论人。"一下子让他缄口。几度宦海沉浮，如今，又因才华得康熙重用，阴郁的心，有了一丝光亮。

"老爷，夫人来信了。"仆人呈上家书。

"我经两受明封，以后本朝恩典，让顾太太可也。"信，寥寥数字，他看了，顿时气血攻心。

"不识抬举！我下狱，不见得你有多牵挂。李闯进京，性命攸关，陪我躲在枯井里的是眉生。我归顺清廷，你不肯离开合肥跟我上任也罢了，如今，你又在那里装清高。"他心里骂道。可是，他的心还是痛起来。别人不齿他变节降清倒罢了，连自己的夫人都这样，这叫他情何以堪。"罢了，这个一品诰命，眉生受了也不为过。"这样想着，他去书房找顾眉。

顾眉此时正专心致志地画兰花。龚鼎孳一看见她，心情就平静下来。想当年，秦淮八艳中，顾眉的兰花和马湘兰的兰花不分伯仲。顾眉花容月貌，一双眼如秋水盈盈，号"横波"，时人推之为"南曲第一"。她的眉楼，被人称为"迷楼"，日日门庭若市。她才貌双全又有豪侠之气，言谈幽默，多少人拜倒在她的石榴裙下。龚鼎孳风流倜傥，诗文书画，无一不精且落拓不羁。一见小他四岁的顾眉就为之倾倒。不久，他写下一首求婚诗："腰妒垂杨发妒云，断魂莺语夜深闻；秦楼应被东风误，未遣罗敷嫁使君。"对士大夫而言，青楼女子，可亲之狎之，但真要结秦晋之好，就踌躇不前了。可他不管不顾。顾眉最初婉拒，也是担心他只是一时兴起。而他痴情不改。两年后，她迢迢千里北上来投奔他，有情人终成眷属。为了彻底告别以前的生活，她改名为"徐善持"。没多久，他因弹劾权臣而受牢狱之灾，顾眉苦苦等他，还经常探狱嘘寒问暖。谁说青楼女子无义？他出狱后，就为她写下"料地老天荒，比翼难别"。

可是，美好的日子总是太短暂。大明王朝岌岌可危。李自成的军队来了，他和顾眉躲在一口枯井里。他面临着一生中最艰难的抉择，在井中，如自尽，就留下以身殉国的千古芳名；若还有生的留恋，亦可逃出枯井。他反复地思虑，仍然舍不得轻生，舍不得眼前的爱人。顾眉看出他的彷徨，对他说，如果选择死，她陪同他殉国；如果真的贪生，可以把过错推到她的身上。这时，李自成的军队发现了他们……

后来，对于自己的投降，他说："我原欲死，奈小妾不肯何！"

这句话，被传为笑柄。有人指责他把责任往女人身上推，人品差；更多的人则说顾眉红颜祸水。

再后来，多尔衮入关，他降清。他也有心投奔南明小王朝，可是，那头已经把他列入反贼名单。节操已碎一地，再不能收拾起。

"闯来则降闯，满来则降满"，大节已亏，遭后世诟病是必然的。那么，只有尽其所能进行自我救赎。接济落魄的有才之人，搭救抗清志士，在满汉关系上极力维护汉人的利益。失路之痛，故国之思，他的诗词中尽是哀音。

再看自己的那些同道，钱牧斋际遇和他相似，告老还乡后，受柳如是影响，又联络力量反清复明。清廷对他极为恼火。其妻柳如是因为秉持操守声名远扬。吴梅村呢？他深爱卞玉京，但怕娶烟花女子误了前程，害得玉京做了女道士，徒留遗恨。侯方域顺治八年应乡试，中副榜，李香君撕碎了定情的桃花扇，隐居山野。他和顾眉诗词唱和，耳鬓厮磨，算是神仙眷侣。只是，雁过留声，人过留名，为了这琴瑟共鸣，顾眉已经不在乎身前身后之名。

龚鼎孳让顾眉看信。顾眉看了，只是淡淡地问了一句"未知老爷意下如何？"发妻童氏此举，一是彰显自己的大度，二是标榜自己的节操。对顾眉来说，既然投降之事都可以包揽罪责，这受封，又算得了什么。

"我原欲死，奈小妾不肯何！"也许就是因为龚鼎孳一句话，清廷居然同意诰封顾眉。

他是贰臣，晋阶一品，她是青楼女子，成为一品诰命夫人，也算志得意满了吧。可是，他们内心总是惴惴难安。他们多想有一个地方，那里，花木葱郁，一水相伴，风吹稻香，有园林情韵又有乡野情趣。在那里，他们吟诗作画，忘掉尘世喧嚣。

弟弟龚鼎孚，在家乡为他们建成了这一小楼，称稻香楼。龚鼎孳常携顾眉去稻香楼。他们经常在楼中大宴宾客，凡有人来索画求诗，都慷慨应允。在乡亲们眼里，他们如此恩爱，待人又如此随和。

虽夫荣妻贵，锦衣玉食，顾眉却在四十五岁时就离世了。龚鼎孳也一下子老了，每逢她的生日，总是写诗悼念。他一肚子的话，也只能对她说。不管后世臧否如何，他们的诗词书画流传不少。稻香楼已经不在，但是，地名却永远保留了下来。"龚合肥""龚大司马"，家乡人仍然这样亲切地称呼龚鼎孳。

傻妞

傻妞在一群同学中，年龄最大，个头也最大。

小时候，她患过脑膜炎，治疗不及时，于是，时时处处要比人家慢半拍甚至一拍。至于个子，原先很瘦的。一年冬天，她妈妈熬了驴皮膏，搁在柜子上，她也不知道是什么，搬了凳子，站上去偷吃，觉得味道不错，就三天两头地偷几勺吃，等膏方吃完了，那身体就迅速膨胀起来。

傻妞读书很吃力。小学时就留了两级。因为留级，一些男生就叫她"傻妞"，最后大家都叫开了。她自己早就不想读书了，她妈妈硬要她读。小学毕业时，她赶上了九年制义务教育普及，就顺利地上了初中。

傻妞除了块头大，那五官并不难看，眼睛还挺大。只是，她上课拼命瞪着大眼睛听，还是听不懂数理化老师在讲什么。老师们知道她的脑筋绕不了弯，也从不为难她。她在班级里老实、听话，从不惹事。班里最调皮捣蛋，爱欺负女生的男生，从来不欺负傻妞，欺负傻妞，会坏了他的名气。而且，真欺负了，不一定能占到便宜。有一次，男生和女生拗手劲，女生想到了傻妞。傻妞一上场，就扳倒一大片。那是傻妞记忆中最值得骄傲的一次。

班长李晓霞，聪明漂亮积极求上进。她学雷锋，主动提出给傻妞辅导功课。辅导几次，见效不大，有时候，讲了几遍还听不懂，李晓霞火气上了，就埋怨她，傻妞态度好，只是低着头，被"训"急了，就掉眼泪。这时李晓霞就内疚起来。

傻妞其实就是反应慢一点，但不全傻。路远的学生，中餐是学校吃的。有时，傻妞从家里带了好菜来，一定招呼李晓霞跟她一块儿吃。傻妞家在农村，说起乡村的趣事，她整个变得生动、伶俐起来，比如挑荠菜、捡马兰、采桑果，说得李晓霞心动。李晓霞的爸妈是工人，住在工厂的生活区。双休日，她就跑去傻妞家，说是去辅导，有时就是去农村里疯玩。

有一次，李晓霞兴头上来了，要帮傻妞家割稻。傻妞割稻很熟练，一会儿就超前了，李晓霞跟她差了一大截。这时，她往后看看李晓霞，骄傲地甩甩辫子，阳光映着她额上的汗珠闪闪发亮。

初二时，来了一位历史老师。年轻的老师学识渊博，讲课生动，同学们都很喜欢他，佩服他。有一次，他让李晓霞组织几个表现好的同学跟他去参观博物馆。傻妞很想去，李晓霞已经答应她了，可其余几人极力反对，原因是带傻妞出去很没面子。李晓霞最后爽约。那一次，她看到了傻妞眼里深深的孤独和失望。

傻妞有个弟弟，聪明好学，跳了几级，已经在读高中了。妈妈把弟弟放到条件艰苦的东阳娘家去读高中，因为那里教育质量好，在那"千军万马过独木桥"的年代，那里的大学生却是"一卡车一卡车装"。每当傻妞从学校回来不开心或使性子时，妈妈就会说："想想你弟弟吧，一个人在那儿受苦呢，你好歹在我们身边。书不会读不要紧，能读多少就读多少。"

初中毕业，大家各奔前程。傻妞就跟着妈妈学裁缝。妈妈让她从最简单的开始学。"你好好学，别人学一年，你大不了学三年，把基本功打扎实了。"从此，她就埋着头踏缝纫机、装拉链、包纽扣、拷边。

李晓霞考上大学后去看傻妞，这时，傻妞正在处对象。那是一个眉清目秀、一表人才的小伙子。小伙子家境贫寒，家里兄弟姐妹多，出来打工。傻妞的妈妈有意让小伙子入赘。没谈几次，这事就成了。这不由得让李晓霞对傻妞刮目相看。先前，她还担心傻妞没人要，如果嫁人，也就嫁个歪瓜裂枣的。

傻妞的好运还在后头。后来，村里土地拆迁，傻妞夫妻赔到了一大笔钱。她不做裁缝了，在家开个小超市。反正，有人配货、送货，她就坐着看看店。算术不好，这又有什么关系呢？计算器总会按吧。唯一让她头疼的是她那淘气的儿子，但那也不打紧，弟弟大学毕业分在大城市里，安了家。他那娇美的城里媳妇不放心让公婆带孩子，傻妞的父母，就一门心思地帮她带孩子。

四十年后的同学会，大家聚一起，没人想起傻妞，倒是李晓霞提议。傻妞叫什么名字呢？大家想了半天才想起来：李平燕！一拨电话，傻妞立马来了。女同学们变化都很大，傻妞却仍然是上学时的样子，本来，块头大，而此时，一些发福的女同学，块头比她还大呢。她的脸看上去很滋润。聚餐后，傻妞提出，这一餐饭她请了，她那在公司做老总的儿子，特意给她一张卡，让她任意刷。

"傻人有傻福！"李晓霞心里说了一句。此时，她和她的第二任丈夫正在闹别扭呢。

我是业余的

老王有一句口头禅："我是业余的。"

那年，他去县文化馆报到，岗位定的是美术干部。虽然小时候也在纸上写写画画，但是，终究没受过正规训练。"我是业余的。"对着那些美术院校毕业的同事，他谦恭地说。同事们看看这位身形高大，面色黧黑，山间农民一样的人，也不以为然。此前，他读过师范，教过书，后又要求从军，转业前是一名炮兵测地员，每天爬山头，测算距离，分析数据。

老王很勤奋，文化馆有个房间，常常半夜三更还亮着灯，那是他在灯下写字作画。同事午休时打牌，让老王凑搭子。老王一手捏着牌，一手翻画册，一心两用，十打九输。

三年后，岗位调整。美术干部太多了，需要精简，但文物岗位人手不够。"我是业余的，我去！"老王说。虽然，大家心知肚明，这个业余的模仿、速写、构图能力一流，这水平已不亚于他们任何一个。但是，毕竟没有一纸文凭，老王又是一个能为别人着想的人。

一到新岗位，老王就接到任务，河姆渡遗址发掘，所有县市区的力量都集中过去，还请来省里的考古专家。"我是业余的。"面对着那些毕业于北大考古系的专家们，老王谦恭地打下手。出土文物很多，考古需要细致地把那些器物画下来。专家们考古在行，但画画不行。这时，老王负责画，那些专家们负责给他答疑。老王替他们画多少张画，就会问他们多少个问题，以至于私下大家说：这个谦和的人其实很精明。

老王每天跟文物对话。那些古老的器物，或古朴稚拙或精雕细刻，包含了先民的智慧和诸多的美学元素。他聚精会神地看着，画着，有时，他甚至听到自己的心跳。多少个日子他就听自己的心跳，也听"历史的心跳"，在心跳中过了四年，1977年河姆渡遗址再次发掘时，他独立负责一个探方。在这个探方里，出土一个朱漆木碗，被认定是世界上最早的漆器。这让业余的他很有成就感。

正当他迷恋上考古时，上头让他担任县政协文史委主任。"我是业余的。"对着手下的那些工作人员，他还是谦和地说。为了了解地方的历史文化，角角落落他都去勘探，并且画下来，然后注上文字说明。"既然是业余的，那就老老实实地补课。"他说。

时光荏苒，转眼老王退休了。对地方文化长时间地考察、勘探，使他有了一个目标：画遍家乡的风物！他画了一百多幅。飞瀑流泉、林峦丘壑、特产名居，没有什么不可以入画的。县里要办个画展，是乡情乡恋的主题。画作少，就把老王的画也拿去展。没想到，一位著名画家、教育家、美术评论家来参观，画家在老王的画前伫立良久，并点名一定要见他。此时，老王正在山上写生，听说了，背着画夹气喘吁吁地赶来。画家主动要为他写评论。

从此，老王红了。有人说他的画兼工带写，写实、细腻。有人说他中西结合，在传统中创新。有人说他的水和云，一笔笔都是发自内心画出来的。也有人不服气，说他的画过于精准，就像照片，少了艺术的韵味。老王从不理会，"我是业余的，我本来就是一炮兵测地员。"

八十岁那年，老王把家乡的三十多个重点文保单位全部画了下来，亲自撰写文字说明，准备出版画册。而这时，一位著名作家，提出给他写序。作家当年还未红，人生中遭遇种种不如意时就想找一个安静的地方养病。他的老师联系尚在文化馆工作的老王。老王古道热肠，征得馆长同意，把半山小楼的一个房间腾出来给他住。出名后的作家感念老王的恩情，存心要给他长面子。

"我知道你文章写得好，但是，这是绘画艺术啊。"老王半信半疑，可作家还是主动请缨，而且，还在百忙之中赶来参加他画展的开幕式。"你的序写得还真是那回事，写到我心里去了。"老王说。"对于绘画艺术，我是业余的。"作家说。老王一愣，随即两人哈哈大笑。

快马佬

　　"快马佬"是我堂兄的绰号。

　　他是我二伯的长子。他家竹园里有一条蛇，经常出没，但是，见人就避，人蛇相安无事。后来，这条蛇胆子大了，大白天出来，还甚为"雍容"。一次，我二伯的小儿子的伙伴居然把蛇给打死了，还用竹枝"鞭尸"。后来，二伯就一病不起，没多久就归天了，留下了一大群子女，磕磕碰碰。

　　父亲死了，长兄代父。堂兄眉清目秀，虽然书读得不多，但记性好，能说会唱，口齿伶俐，他讲历史故事像说书，编个顺口溜写首打油诗不在话下。有一天，这家伙神神叨叨地说，这家里的转折就是因为打死了那条蛇，那蛇是护家的家蛇。他要在竹园设祭。

这招还真灵。祭了蛇后，弟弟妹妹们振奋起来，家境也慢慢好转。后来，镇上一个鲜亮水灵的女孩就跟堂兄腻在一起。虽然，姑娘的父母极力反对女儿来这个穷家，可是，这两个早早就生米煮成熟饭，珠胎暗结，那就只能奉子成婚。于是，不用彩礼，也不走任何"流程"，就捡来一个漂亮媳妇，而且马上就可以做爸爸。

　　不久，他俩就自立门户了。

　　堂哥是漆匠，能画画。堂嫂会唱戏，曾经去考过戏班子，被看中了，后来被家里搅黄了。那一年春节，堂哥画了好多个灶王菩萨，然后又拉起了一个临时的草台班子，他们夫妻俩唱主角。戏下了就卖灶王菩萨的像。这一次，他们赚得盆满钵满。虽然，那点小钱现在看来也不多，但当时在村里已经算是发了笔小财了。他们的日子很快就过得滋润起来。当然，其他事他们也没闲着，孩子一个接一个地出生，只是，三个都是女孩。

　　有一天，堂兄搬来两台机器，在村里招帮手，说生产香水瓶。原来，他通过亲戚认识了大上海一家厂的厂长，厂长答应给他一些业务。可以说，在20世纪80年代，这是小周村的第一个家庭作坊式的企业。这么一来，他的钱袋子就鼓了起来。"快马佬"的外号也是那时候取出来的。因为，他做什么事都赶在前面。

　　后来不知怎么了，他在外面搭上了一个年轻女孩，于是就要和堂嫂离婚。这桩离婚案，在村里历史上也是第一起。

这村里，有定了亲变卦的，有婚后在外偷吃的，有寡妇守不了嫁人的，但是，离婚却从没有过。正因为如此，堂兄说他想第一个尝一尝离婚的滋味，他跟漂亮而且泼辣的堂嫂说，分开过一阵就复婚。堂嫂可能也咽不下这口气。"离就离！不复也罢。"她说。

我们都希望，他们尝过离婚的滋味后就和好了，复婚了，然后带着一群女儿快快乐乐地过活。但是，事情很糟糕。先是堂兄口袋里有钱，就有女人缠他。他业务跑得勤，自行车骑得飞快，女人也换得快。女人换得快，钱也花得快。

当村里很多人办起了企业时，堂哥的企业反而办不下去了。毕竟，后来的女人，有的本没想过跟他长久，也有的受不了他的花心。其中有两个女人还给他留下了两个儿子。按村里的说法，他有了后。但是，负重甚多，他这"快马"也无法跑起来。最后，还是堂嫂收留了他，复了婚。他改行卖起药来。有一次，我亲眼看他捧着两棵硕大的木芝在路上叫卖，说是从深山采来的灵芝，居然还把人说得一愣一愣的。

但是，堂兄还是勤快的，就算他多么落魄，每次摩托车都开得飞快。有时，还亲自进山采药。他应该近七十岁了，还是满头乌发，一点也不显老。

那天，他碰上红绿灯。红灯一灭，他就飞一样蹿出去，此时，正好有一辆车开过来，顿时就撞成了植物人，摩托车也报废了。"你说你那么快干吗？你这辈子好歹也儿女双全了。在家里好好逗一逗孙子，谁也没要你东山再起啊。你怎么不想想你家那条被打死的蛇？它就是太逞能了。我天生就是跟你患难的命，不是享福的命。"堂嫂哭得非常伤心。

　　摩托车报废了，但是，堂嫂还是把它安放在家里。她也许希望着，等堂兄醒了，还会去摆弄它。

范大糊

世人戏称他为"范大糊"，他挺受用。

"大糊"，当地方言就是疯癫痴狂的意思。可是，他戴宽檐铜盆帽，穿灰色对襟长衫，足踏芒鞋，面容白皙，慈眉善目，气定神闲，哪有半点"大糊"样？而且，他写字，一落笔，就有人惊呼"老梅！"老梅是谁？梅调鼎！那是清代著名书法家，"浙东"书风开创者。"老梅"不好学，因其终身布衣，隐逸乡间，书法亦空灵旷达。而这位范大糊学梅调鼎，形似神似，几乎可以以假乱真了。现在，有些人家还珍藏着祖上留下的范大糊开的方子，方子固然有用，更主要的是字好。

难道是身为杏林中人的他给人家看病浑浑噩噩，开错了方得了这诨号？非也！那时候的人，如果家里老人患病，临终前未请"范大糊"看过的，邻居们就视为大不孝。因为，"范大糊"看不了的病，那才真是病入膏肓，无药可救了。

要说范大糊的医术，那可真有些玄乎。当年，甬上一风雅之士，伏天，人家大汗淋漓，他盖着被子还瑟瑟发抖。看了好几个医生，就是看不好。范大糊上门，主人命端上"香露茶"。那是上好的碧螺春沏的茶。"好茶！"范大糊一边品茶，一边饶有兴趣地问起"香露茶"的由来。"每年荷花盛开的时候，每晚，将茶叶放在荷叶中，第二天早上再收起来。经露四十九日，晾干，秘藏，此后就能天天享用了。"此君面呈得意之色。范大糊即刻就拉下脸，严厉地说："这茶你是不能喝了。"他开出"蜀漆散"，就蜀漆、云母、龙骨三味药材。回去后，又让人送来几斤向日葵籽。"每天嗑瓜子，细嚼慢咽。"半月后，这人病就好了。有人问，他说"香露茶"饮久了，寒气郁结。而葵花向阳，以阳来克"阴寒"。

要说范大糊不懂人情世故，狷狂，那就更不是了。他望闻问切，对病对人都明察秋毫。一次，一位富户请他去看病。富户家有刁妇，经常使性子，一次，跟丈夫吵了几句，就"病"在床上不吃不喝，一言不发。范大糊一看此妇面色红润，舌苔正常，可眉宇间一股怨气，知道是诈病。当即开出奇方：灌"人中黄"（过滤粪水）！妇人闻言一跃而起，破口大骂，范大糊则哈哈大笑。"你诈病，我就诈医。"

清末民初，甬城街上经常有这么一景：范大糊坐风凉轿上，三个轿夫抬轿子，一路疾奔。三人怎么抬呢？其实还是两个。一个在一旁跟跑。一段路后，他就接替两个中体力不支的。这样更换，速度自然就快。范大糊这时一点不犯糊，他不是要排场，他是去救命的。他坐诊，其他中医挂号六角，他收四角。但如果出诊，就收得比别人高得多。"门诊之人，亦贫病者为多，出诊则多殷实之家。既出诊所费甚伙，倘非富有，断不会有如此排场。"他说。很有点"劫富济贫"的意思。如遇上急病，有人来请，即使寒冬腊月，半夜三更，他都会掀开热被窝，披衣出诊。每年年关，一些药店都要到范大糊这里结账，因为，有些穷苦之人，他给了药方，让他们凭他的方子到药店免费撮药，最后他给结账。

一次，张宗昌因事路过宁波。这张宗昌是著名的"三多""三不知"将军。即不知道自己兵有多少，钱有多少，姨太太有多少。酷夏，这蛮汉暑湿内陷，请范大糊去看病。范仅开三味药：升麻、苍术、荷叶，而且案语简短。这使"多多益善"的大军阀很不悦。"用药如用兵，将在谋而不在勇，兵贵精而不在多，乌合之众，虽多何用？治病亦然，贵在辨证明，用药精耳！"范大糊面无惧色，侃侃而谈。后来，药到病除，张宗昌倒也不为难他。

"但愿人皆健，何妨我独贫"，范大糊每年都会把这副对联重写一遍，贴在自己的诊所前。

范大糊原名范文甫。平时好读书，勤出诊，但著述不多，生平资料也甚少，甚至，地方上好多人知道"范大糊"，却不知道他的真名。多少年后，有文史专家查阅地方志。一查，恍然大悟。原来，范文甫家境殷实，二十岁时就中了秀才，列为贡生。但是，因生性耿直，得罪学中权贵。"不为良相，则为良医。"从此，绝意仕进，攻读中医四大经典，专事岐黄术。他给自己取号"古狂生"。原来，这"范大糊"的外号根源还在他自己这里。

钓竿

每年清明，他都要在她坟前烧一把钓竿。

她活着的时候，他曾经烧过两把钓竿。

他平生的嗜好，是钓鱼、作画、听京剧。他在省城工作，她在嵊县(今浙江省嵊州市)乡下。他已是一家国营大厂的副厂长，对她始终不离不弃。他不会用权，几位下属倒是竞相把乡下的妻子调到了城里。

他画国画，特别爱画松鹤，是模仿齐白石。他听京剧，独喜欢听程砚秋。他说程有个性，且程的嗓子越唱越亮，听着像是在品一坛浓郁、醇美的酒，陶然欲醉。

他很痴迷钓鱼。当时一星期只休息一天。星期六晚上，他就买好干粮，准备鱼饵。他有好几把长短不一的钓竿，分别是大江大河或鱼塘、溪涧里垂钓时用的。为了钓鱼，他还专门装了泥在室内养蚯蚓。第二天凌晨四点不到他就骑着自行车去余杭一带的乡村，甚至是几十里外的超山钓鱼。晚上，要到天黑才回来。回来时，他会把岸边采来的熟透了的桑葚给楼上的小姑娘吃，然后又把钓来的鲫鱼、草鱼分给邻居，自己一条也不剩。他所有的乐趣就在于钓，他并不爱吃鱼。当然有时候也会想，如果她和孩子们在身边那该多好。

一次他出去一整天，居然只钓到很少的几条小鱼，"处处污染不见清水江，朝朝徘徊难觅鱼儿影。漫漫长路缘何成穷途，根根钓竿最终当柴烧。"他写了一首打油诗，最后还真发狠烧了一把钓竿。

第二次烧则是因为她。

她是个美丽娟秀的江南女子，会绣花而且喜欢听越剧。他回家探亲，她欢天喜地。他在家里画画，画两只白鹤立在松树下，说是他和她，她顿时笑靥如花。她打开收音机听越剧，他不耐烦，要去钓鱼。嵊县石磺镇山清水秀，在湖边的绿荫深处一躲，听虫儿叫，等鱼儿咬钩，一柄钓竿钓起满湖的山色和闲情雅趣。可是，她最讨厌他钓鱼，他一去钓鱼就要整整一天，没几天的探亲假就水一样流去了。在他离去前的一天，她把钓竿藏了起来。第二天一早，他找来找去找不到自己的钓竿，等太阳出来，他也就败了兴。后来，她拿出钓竿，他长叹一声，把钓竿折成两截塞进灶膛里，她则整整一天没听越剧。回到单位后，他突然觉得那些日子的金贵，想起她眼泪汪汪的样子，他失眠了。

他和她聚少离多，以后探亲，他控制自己垂钓的次数，她则改听京剧。他退休后回到故乡，乡音未改，两鬓斑白，一下子从岗位上下来总有些失落。她一反常态，劝他去钓鱼。她替他掘蚯蚓，爱物惜福的她，甚至还在鱼饵里掺进一些栗子粉，香喷喷的，鱼就容易上钩。晚上，他回来，她就把鱼洗净，红烧、清蒸或做鱼汤给儿孙们吃。"吃鱼的孩子聪明。"她常常对孙子孙女说。这时，他很有一种成就感，孙子孙女读书那么好，是不是就因为吃了他的鱼呢？

终于有一天，她做不了鱼了。他去垂钓，她在家里，一阵晕眩，摔倒了，就再也没有起来。她葬在他经常去钓鱼的那个湖旁边的山上，那是她早就选好了的墓地。她去了，他迅速地衰弱，牙齿都掉了。他再也不画两只鹤了，偶尔只是画一只，凄厉地仰天长唳。他再也不摸钓竿，所有的钓竿闲置着蒙了尘。"爹，你去散散心，钓钓鱼"，儿女们还在不断地给他买钓竿，可是，他不去动它们。

清明，他去妻子的坟头烧一把钓竿。妻子的坟面朝那个湖。现在，他望着湖，仿佛对坟中的妻子说，又或是对前面的湖说："多平静呀。"他能想象得到湖水里鱼在悠然行游。钓竿化成了灰烬，他起身，慢慢往山下走，手里拄着拐杖。

遗失

　　李刚兴致勃勃地走到巷口的那棵樟树前，他闻到了饭菜的香味，忍不住将左手伸进口袋，没摸着那张纸币，他心头一颤，浑身一热。接着，裤袋像吐舌头一样，翻出，抖过，他还在原地跳了跳，还是没有。

　　那张百元面额的人民币是什么时候丢的呢？下班后，他从单位到巷口，途中摸过好几次，都没有什么异常。后来呢？突然想起有材料落在单位，他又折了回去。再次回来，走得很急，没有再摸口袋。眼看又到巷口了，那张人民币却不翼而飞。原路返回去找，也没多大意义，下班这段时间，来往的人那么多，钱谁不认识呢？

　　出纳坐月子，三个月产假满了，昨天才上班。今天发工资。他清晰地记得，领到的共六张，一张一百元，两张十元，三张一元。他把纸币分成两拨，百元的一张放在左边裤袋，准备上交给妻子；其余五张放在右边裤袋，留着。一个男人身上总得带些钱呀，其实他也难得花钱，只是带着，就觉得有了底气。

李刚和妻子在同一个村庄，自小青梅竹马。李刚后来读了中专，进了单位。妻子还是农村户口，没有固定工作。李刚领了工资就想象妻子喜获丰收似的笑脸。可是，现在，他像严霜打了的树叶，蔫了。他在樟树上蹬了一脚，几片叶子落下来。他真希望那就是他失落的钱。他仰望那茂盛的树冠，心想，自己要是这棵树，抖擞躯干，树叶纷纷落下，落在地上，变成钱，那该多好。

白干了一个季度，如何向妻子交代？他能够想象妻子的反应：你是个大活人，钱怎么说丢就丢？

李刚拖着沉甸甸的腿，进了巷子，里边是一个院子，院子里有三户人家。他真是哑巴吃黄连，有苦说不出。说出了，妻子还不给他难堪？不出一会儿，全院子的人都会知道他李刚掉了钱。他默默地进了屋。

妻子正在炒菜。菜倒进油锅，发出响亮的爆炒声。他吓了一跳。

妻子对着锅，背着他，说："工资领了吧？"

李刚一个迟疑，说："哦，出纳刚上班，工资单还没造出来，是我的工资又跑不掉。"

妻子端上最后一盘菜，说："瞧你这副样子，出什么事了？"

李刚说："每天上班下班，还能有什么事，只是今天单位忙了点。"

那是1981年的夏天。晚上，李刚进了卫生间，准备洗澡。他摸出裤子右袋的五张纸币，自语："你们为什么不丢呢？丢了大头，留下零头。"他像拎起一个惹了祸的小孩一样拎着裤子，狠狠地抖一抖，没有抖出他期望的那张纸币。

幸亏妻子问他的时候，没有特别注意他的脸。他撒谎，表情就不自在，而且脸会发热，脸热了自然会红。推说还在造工资单，再拖也拖不过三天。妻子操持这个家，里里外外都得开销呀。他心不在焉地擦着身子，突然，心里亮起了一盏明灯：有事情就找组织呀。他现在住的这间十几平方米的房子，不就是组织给安排的吗？

夜间，李刚酝酿了一肚子话，可是，第二天一早，他进了张主任的办公室，那满满一肚子话，似乎隔了夜，都消化得差不多了。他支支吾吾了一会，表示这几年，全靠组织关心。"我老婆已经怀孕了，这个家主要靠我这点工资。"他说。

张主任看着他，莫名其妙。

"张主任，昨天发的工资，不知怎么丢了，这几天，我老婆已经发愁了。"李刚说。这句话，就像一直被卡在喉咙的一根鱼刺，现在终于吐了出来。

张主任说："小李，你平时工作很细致认真，有板有眼，一丝不苟，怎么会丢钱呢？"

李刚站起来，拍拍裤子，似乎以此证明自己并非撒谎。他原原本本诉说着，最后，还掏出那五张大小不等的纸币。

张主任说："你还藏私房钱，设小金库？"

李刚哭丧着脸："我就是把私房钱全交了，也不到一百元。"

张主任说："你家里的情况，组织上也清楚。这样吧，发挥组织和个人的力量。以大门为界，大门外，你再去找一找，一分希望，也要百倍努力，是不是？大门内，我相信，我们的干部职工这些觉悟还是有的。我发动大家帮你找。"

张主任叫来了总务，在办公楼下的通知栏里贴了张失物启事。总务把"启事"写成了"启示"，李刚把它改了过来。

那天，李刚下班，在巷口的樟树前止步。他又踹了一脚树干，仿佛踹的是自己。百元大钞毫无音讯。回到家，妻子问起工资，他说："还没有反应，再等等。"

第二天，他又走进张主任的办公室。"张主任，我知道您忙，我这事儿，给您添麻烦了。"他说。

……

接连两天，奇迹并没发生。桌上的菜已反映出妻子手头很拮据了。"明天肯定发工资。"他安慰妻子，也像安慰自己，脸一阵发烫。

妻子说："你们单位的出纳，坐了三个月的月子，活儿也生疏了，那一笔账这么难产？"

第三天，李刚径直进了张主任办公室，脱口说："张主任，我是公家的人，我这点事儿，就靠组织了。"

张主任递给他一张百元面额的纸币，说："我说过，大家觉悟高嘛，物归原主。"

李刚躬身接过，说："是谁？我要当面感谢！"

张主任笑了，说："人家做了好事，不愿留名，我得保密呀。"

李刚摩挲着纸币，突然，认真地说："我不要！"

张主任说："找到了，为啥不要？"

李刚说："不是那张……"

张主任说："是你的就是你的，拿上吧。"

李刚双手将纸币展平，放在桌上，说："这上边的编号不对，张主任，感谢组织给了我温暖，我给您添麻烦了，回头，我对老婆坦白就是了。不能再麻烦组织了。"

尘

　　"白老师，我们当年的那些任课老师现在都怎样了？"秋容问班主任白老师。

　　秋容一直是白老师的骄傲。初中三年，她是班长，又是白老师的语文课代表。初三那年，她在全市征文大赛中得了一等奖。因为这，当年白老师职评也顺利通过了。如今，她大学毕业留校当了老师，教文学，按白老师的说法，是完全继承了她的衣钵。这次，她来拜访，白老师异常高兴。

　　那些任课老师，白老师一一派给秋容听。有的调走了，有的去教研室了，有的提拔做领导了。"我记得以前高中还有一位洪老师的，他怎样？"秋容终于问了这个问题。一听到"洪老师"，白老师一脸的惋惜："他呀，一直是个刺头，老顶撞领导，处处被挤压。现在，婚离了，一个人，酗酒，学校让他管校办企业，他三天打鱼两天晒网，反正就混日子呗。""那你知道他住哪里吗？"秋容问。"你想去看他，是吧？我告诉你他的住址，你确实应该去。"白老师说。

不知怎么，秋容脑海里又浮现出那个高大魁梧的身影，那张标准的国字脸，还有那镜片后深邃的目光。

秋容读的学校初高中是连在一起的，老师的办公室也在一块儿。因为洪老师和白老师同办公室，秋容去交作业的时候经常见到洪老师。

那时候，洪老师就是秋容的偶像。他是当过兵再读大学的。他身高一米八，在秋容面前一站，就像一尊铁塔。他又戴着眼镜，书卷气十足，而且，洪老师口才特好，讲起文学滔滔不绝。那天，秋容在办公室帮助白老师登记成绩，而洪老师正在向同事们大谈李清照的词，探讨"帘卷西风，人比黄花瘦"还是"卷帘西风，人比黄花瘦"。他还谈起他最喜欢的张洁的小说《爱，是不能忘记的》，他绘声绘色地叙述着，那磁性的声音，让情窦初开的女孩秋容的心莫名地颤动起来。

秋容记得，有一次，催交作业，班上一位男生跟她过不去，吵起来，两人都被叫到办公室。错在男生，但他还犟头倔脑，恬静、优雅的白老师拿他没辙。这时，洪老师站起来。"你有种把刚才的话再说一遍，信不信老子甩你一巴掌？"铁塔般的他手一指那男生鼻尖，男生就懵了，再无二话，然后就乖乖道了歉。从那时起，洪老师就是秋容心中的英雄。

初中的学生都叫洪老师"大饼脸"。洪老师在学校很有名，因为他敢于和校长据理力争，而且，他从来不布置过多的作业。文质彬彬的他，有时气上来了，还会爆粗口。也许给他起绰号的同学开始想说的是"大兵脸"，可传着传着就成了"大饼脸"。秋容觉得，那是标准的国字脸，帅得不要不要的。特别是洪老师镜片后的眼睛，多么睿智，多么深邃。就是他爆粗口时，都充满了男性的魅力。

后来，洪老师恋爱了。他的女朋友来过学校。女朋友修长、苗条，很漂亮。那段时间洪老师整个人都沉浸在幸福中。一次放学，秋容经过办公室，她发现，洪老师正坐着，一手执笔，一手托腮，仰着脸，似乎在看窗外的蓝天，又似乎沉湎在玫瑰色的梦幻中。他一定在给他的女朋友写信吧？看到这，秋容突然忧伤起来。自己什么时候长大呢？但长大了又能怎样呢？每次看到洪老师，她会红脸，会不自然。而洪老师总是对她温和一笑，像对一个腼腆的孩子一样。

那次，秋容参加市里的征文大赛，白老师把她的文章给洪老师看了。她去交作业时，洪老师严厉地批评了她，说她的文风华而不实，整篇文章中都是炫耀才情，没有真情实感。秋容很震撼，后来重新写了一篇，得了一等奖。一等奖可以在中考时加十分，于是秋容顺利考上了重点中学。毕业前夕，白老师告诉她：后来，洪老师被抽去当征文的评委。当时有两篇文章，一篇是秋容的，一篇是教育局某处长的儿子的，角逐一等奖。按文章质量，明显是秋容的高。关键时候，是洪老师，顶着压力，说了公道话，后来大家统一了意见。

秋容去市里读高中，但是，她经常会想起洪老师。有时觉得，如果不上重点高中也挺好，这样，可以在原来的学校，洪老师就能教她了。八年来，洪老师是秋容内心深处最大的秘密。

秋容向白老师问了住址，决定去找洪老师。走到他家门口时，她心跳得厉害。她不知道接下去会发生什么，但发生什么她都愿意。门开了，那张国字脸，瘦了，棱角更加鲜明，面容中带了沧桑。屋子里很乱，一大堆空酒瓶，蒙着灰尘，书和纸杂乱地堆放着。"你是秋容！"洪老师居然一下子认出她。秋容已经长成亭亭玉立的姑娘了，她再也不用像仰视铁塔那样仰视他了。他们像老朋友一样交谈着，好像有一种与生俱来的亲切。她发现，老师的眼中仍然有亮光，就像学生时代一样。后来，秋容就帮他整理桌子。临走前，秋容鼓起勇气说："洪老师，你背上有一点灰尘。"秋容的手在他背上掸了几下，然后就轻轻地抚着。她渴望，渴望他转过身来，把她揽在怀里，她曾无数次缅想过，想象自己走进他玫瑰色的梦里。她感觉到洪老师的心跳和他的气息，她闭上了眼睛。

可是，良久，洪老师转过身，轻轻地在她额头上吻了一下，说："祝福你，好姑娘！"然后，他打开了门。

秋容望着他，深深地望着，想把所有的思念融进目光里去。她知道，以后，他们见一面是一面。或许，再无交集。

回来后，她又找出张洁的《爱，是不能忘记的》，又一次读得潸然泪下。

复婚

他老实、木讷，性格整一杯温吞水。

她活泼、伶俐，做事风风火火，且好打抱不平。

他们是同事，很好的同事，要说到男女间的情愫，却一点儿也没有。她觉得他缺少阳刚之气，他觉得她太强势。

他住集体宿舍。他那间宿舍，换了一茬茬的人了。人家结婚了，就搬出去了，可是，他整一个"钉子户"。

每次，别人给他介绍姑娘，他不冷不热，总是入不了道。年纪渐渐大起来了，他还是那样。"从容淡定"——这是大家揶揄他的。最着急的，是他的母亲。

她呢？不是本地人，大学毕业后分配在这个城市，她想着要调回家乡去，有意不在这里找对象。调动报告打了好几年，总算有点眉目了。

他是单位里的业务骨干。单位分房子，论实绩，论资历，他完全够格，领导也暗示过他。他母亲给他准备了烟和酒，让他去和领导"交心"，他死活不去。"妈，天天见，交什么心？"他说。结果，前两轮，他没轮到。第一轮，领导找他谈话，摆出这家那家的困难，让他照顾那些有家有室的；第二轮，领导都觉得难以启齿了，最后，拍拍胸脯说："下一轮保证分给你。"

眼看这一轮又到了，他满以为这次十拿九稳，可是，突然，单位的政策下来了，说分房子的第一个条件必须是有配偶的，而且要以结婚登记为准……

他沮丧得不行。单位的人，凡是没涉及这轮分房的，都为他打抱不平。"这明明是针对你一个人的嘛。"她快人快语，确实，所有提出申请的人里面，就他未婚。

眼看后天就要开会讨论了，所有的希望，都成为泡影。平时不多话的他更加沉默了。

她看着他沉默的样子，心里很同情。终于，她心生一计，对他说："明天我们去领登记证！"……他呆住了。

"我和你假结婚，等你分到房子我们就离婚。而且，我很快就要调走了，不碍事。"她说。

当他和她到单位人事部门去打证明时，人事干部惊异得连眼镜都滑下来了："好小子，什么时候开始恋爱的，怎么滴水不漏？"最后，反应过来，扶了扶镜框，又朝向她，

"要结婚了，你反而要调走？"

"正因为要结婚了，不想在同一个单位。"她说。

一拿到房子钥匙，他们就去民政局办离婚。这时单位的人恍然大悟。"侠女啊！"大家都说。可是，这时她要调走了。

"谢谢你，帮了我一个大忙。只是，太委屈你了。"他送她，送她时满怀愧疚。

……

几年后，她出差来到这个城市，打电话联系他，他约她吃饭。

"分到房子了，结婚了吧？没准孩子都满地跑了。"她说。

"没有。好多人都冲着房子跟我谈朋友，没意思。"他说。"你过得好吗？"他小心翼翼地问。其实，这些年他一直记挂着她，只是，他是个不善于表达的人。

"总以为调了个地方不会对我有影响，可是，消息像长了腿。大家都知道我结婚又离婚了。有的明知道那不是真的，还是提出分手。他们说，离婚的女人就像白衬衫打上了一个污点。"她说。她自己也不知道为什么会说出实情。如果他已经有了幸福的家，她就不会说了。

"要不，咱们一起过吧？"他说。说这话的时候，他干脆利落，再也不像一杯温吞水。

她沉默了。

接着，他们去"复婚"了。

开始，是分居两地，淡淡的，好像是为结婚而结婚。后来，她越来越想跟他在一起了。她要调回来。

她调回来了，只是，不在同一个单位。

现在，她怀孕了。

有一天，半夜醒来，她觉得饿，想吃馄饨。家里没现成的，他起床，执意要到大桥下的夜宵店去买，听说那里通宵都亮着灯。

"别看他像温吞水，其实心里热着呢。"她看着他急匆匆的背影想。

他买回双份。他们一起吃馄饨。"我怎么也那么会饿？你怀孕了好像我也怀了似的。"他说。

吃完后，他很惬意地说："你不知道，半夜里的空气有多好。"

小镇理发店

　　他退休了。满以为从此就会逍遥自在，无牵无挂，没想到，一段日子下来，就像一个皮球，戳了一个洞，一点点瘪下去，完全打不起精神来了。

　　四十多年，弹指一挥，恍惚间还是那个拉幕的少年，拉开幕，就站在舞台的一侧，偷偷看台下的观众，也无限羡慕地看那台中央的人。后来，他正式登台了，一点点，离舞台中央越来越近。终于，他站在最中心，而且站得那么长，那么久。风光的时候，他下了戏都不敢走正门，而是从侧门悄悄地"溜"。那些热情的记者和狂热的戏迷们都在门边等着，那里，有大大咧咧的大妈，还有许多腼腆的姑娘。可是，其中的甘苦他自己知道。他身上，好几处都是伤，有一次突然犯病，可票已卖出去了，戏比天大，他只好求医生给他打激素。后来，有一天，他发现，厚厚的粉底都掩盖不了眼角的皱纹了，再想起团长欲言又止的神情，他终于决定，让年轻人上！他演配角或者老生。他是一步步偏离舞台中心的。最后几年，他就完全转到了幕后。当看到他指点的青年演员脱颖而出，在舞台上如一颗颗新星冉冉升起时，他欣慰但又落寞。"年轻真好！"他由衷地说。

现在，他终于退得干干净净。可是，心情一落千丈，和心情一样衰落的，还有身体。年轻时超常地打激素，使他的身体衰败得比常人都快。妻子见他郁郁寡欢，就带他去自己的老家——一个江南的古镇散心。

一个秋天的午后，他和妻子走在老街上，走着走着，在街拐角处，听到了一阵丝竹声。俗话说，"讨饭胡琴隔壁听"，可是，那二胡拉得还不赖。原来，那是一家老式的理发店，古老的可以装卸的门板这时均未卸下，侧门开着一道缝，往里瞧，里面，有几个老人，清一色的都是男人，正忘情地在拉着唱着，唱的是《梁山伯和祝英台》里的"楼台会"。反串祝英台的，唱腔柔婉，韵味十足。唱梁山伯的，一开口，他就惊呆了。老人的唱腔，跟他的惟妙惟肖，几乎可以乱真。女子越剧嘛，男演员很少。当初，他专门看过老一辈的录像，在那基础上根据自己的嗓音特点做了处理，很有辨识度。没想到，一个乡野的老人竟能模仿得如此准确，而且他吃惊地看到，老人的眼睛是瞎的。他们，一群两鬓斑白、风霜满面的老人，居然唱得拉得如此投入，忘乎所以。不知怎么，他轻轻推开门，居然也合着他们唱起来。

"你一定是张道宗老师。"瞎眼的老人激动地喊起来，"我看不见，但是你的声音，那是刻在我心里，长在我心上了。你的录音磁带我都有。"而他们中的一个，应该是理发店的主人吧，立起身，从镜子前的一个抽屉里摸出一盒唱片。那是他从艺四十年时灌制的，里面有两张CD。退休后，他自己也经常在家里放。"那是我孙女给我买的。她在电脑里给我放过好几次。你就在盒子上面给我签个名。"老人说。他爽快地签了。而那老人双手恭恭敬敬地接过，紧紧捧着。

他跑到门口，喊妻子过来，用手机给他和这群老人挨个拍照。他允诺，下次再来，一定把照片带来。

他走出理发室，突然觉得，阳光真好，金黄的银杏叶，在阳光中，如一把把小伞，闪闪发光。一条狗，正在树下打盹。秋高气爽，一切都那么惬意。

朱先生

　　在村里，大家把朱元山称为"朱先生"，不是因为他有文化或者他是教书先生，而是因为他从年轻时起，就整的一个"白相人"。

　　"白相人"可不是好词，就是不务正业，在社会上玩的人。

　　他是朱木匠的第六个儿子，轮到他娶媳妇时，家里已经是红毛瓶里光外滑——赤贫。于是，无奈之下，他做了小贩何振坤家的上门女婿。

　　何振坤就一个闺女玉花。这闺女心眼实，干起活来像男人一样。她爹做小贩，她却摆弄着自家的一亩三分地，一年四季，该种啥时就种啥。梳着一成不变的两根麻花辫，穿着一成不变的臃肿的棉罩衫，从不知道打扮，人不难看，但土得掉渣。

入赘的头一年春节，大家走亲戚，酒余饭后难免要摸一会牌。何振坤把女婿拉到一旁，悄悄塞给他几元钱："去，大老爷们就要有大老爷们的样子，赢了，归你，输了，算我的。"没想到这朱元山一上牌桌，风头就健，不一会儿，亲戚们的那点钱，都到他口袋里了。第二次，他用第一次赢的做本钱，又赢了。第三次、第四次……一个年过下来，何家亲戚的那些正月的零花钱，大部分都到了他手里。

轻轻松松赢赚来了几百元，这朱元山就到外边跟人家赌，结果，又赢了，再赌，十次里八九次赢。"你现在风头好，过一阵，就未必了，见好就收。"岳父喝着女婿赢钱孝敬的酒，笑呵呵地说。但是，朱元山的风头一直好。从春天到秋天，转眼就到年底，居然赢了几千元。这下可好，他就停不下来了。

玉花对于朱元山玩牌，那是无可奈何，父亲给他撑腰，而且又是快活钱，哪有跟钱有仇的？但是，禁不住劝他："总不能一天到晚摸牌。"对于他赢钱，有时候赢得多，她心里不安。可朱元山倒好，"骰子比过，并无罪过。我又没做手脚。"他心安理得。而她，仍然一天到晚种她的庄稼。有时候，一帮人在她家玩牌，她从地里回来，他们正算账，眼看人家输多了，她总是对丈夫说："免掉点，零碎的就算了。"有一年，村里的王六，把钱输得精光，眼看过不了年了。玉花就买了一刀肉，又送了一条鱼过去。这样的事，她没少干。

于是，朱元山有了称呼"朱先生"。因为，朱元山不用干活，三天两头在牌桌上混。衣服穿得整洁，牌风又好，嘴巴干净，从不说粗话、脏话。再说，人也长得秀气。

何振坤临终前，曾问女婿："你怎么就时赌时赢呢？有啥诀窍？"朱元山说："爹，一个靠记性，会盘算；第二个要沉住气，不要牌一差就骂娘，把牌神给得罪了；第三个要舍得。那些上牌桌的人往往只想着赢，但有些牌就是不让你赢的，这时候就不做赢了，不放炮就行了。他们个个都想的是'得'，而没想到'舍'。"何振坤听了，就说一句"以后别亏待我闺女。"

只是，老丈人死后，这朱先生确实有了几分骄矜，言谈间对玉花不屑起来。第二个孩子（家里唯一的男孩）上学时，朱先生要孩子改成自己的姓。玉花平时口拙，从不跟他计较，这下却像一头激怒了的母豹，把他骂了个狗血淋头。"做人要讲信义，你是我们家的上门女婿，小孩如果姓朱，我爹九泉之下也不会饶恕你。你平时那些个烂事、破事，不要以为我不知道。我是在孩子们面前给你面子。"其实，这朱先生斯文秀气，兜中又有闲钱，在外面拈花惹草是有的。最后，朱先生蔫了，改姓之事再也不提。

朱先生是在他的儿女们都有了出息后，开始不玩牌的。他居然练起了字。这木匠的儿子一操起笔就得心应手，轻重徐疾，把握得极好。后来，他跟镇里、城里的一些文人墨客混，然后又把他们往儿子女儿的企业家圈子里带，成了"掮客"。只是这"掮客"介绍书画买卖和古玩收藏，只交朋友，不拿佣金。他对子女说："你们看，你们圈内，多少人到香港、澳门赌，赌得倾家荡产，还不如把他们向书画收藏方面引。"

朱先生三天两头跟文化人、企业家混在一起，住的是宾馆，吃的是美餐。眼镜一戴，衣冠楚楚，还真的成了一儒雅的先生。他难得回村里的家。而老妻还是日出而作，日落而息。她不愿跟儿女一起去城里住别墅，女儿送的万把块的衣服也撂在一边。她的两根麻花辫，越来越稀疏。那花棉袄，已经很旧。日晒雨淋，越发面糙皮厚。她就一个人守着她的地和她的屋。这个硬朗的人突然一次昏倒在地里，随即查出是癌症晚期，最后只好在家休养。女儿请来保姆，这朱先生居然辞了，自己来照顾老妻，端汤递水，无微不至。

玉花去了，朱先生再无一丝束缚。有人估摸着他可以再找一位时髦些、年轻些的老伴。可是，朱先生却一下子黯淡了，两鬓斑白，显出老态。没过几个月，居然也病逝了。

"这到底是玉花把他带走了呢？还是他跟玉花走了呢？"有一个人傻傻地问了一句。

码头

　　这个城市的码头已经名存实亡。这是一个提速的时代，办事的人嫌火车都慢，何况轮船呢。这对老夫妻常在码头边散步。夕阳西下，清凉的江风拂面而来，往事是一樽苦涩却回味无穷的酒，在他们心灵深处泛滥。

　　四十多年前，男的在码头上做装卸工人。一天，收了工，筋疲力尽，准备回家。远处走来一位姑娘：淡绿色的衬衫，纯净如水的眼睛，美丽的两条麻花辫搭在肩上，就像一棵初春的嫩柳，又像一阵清新的四月间的风。她是他初中时的同学。她那么美丽，他羞愧起自己褴褛的衣衫和满头的灰尘，但还是抬起所有的尊严，挺直了身子。姑娘欣喜地呼唤着他，她没有忘记初中时那个英俊、聪颖过人的少年。这声呼唤，触动他心灵中最柔软的东西，几使他感激涕零。

他是资本家的儿子。虽然，父亲也曾是进步的民主人士，文革时，还是在劫难逃。

他们开始了交往。她入迷地听他谈哲学、文学。她痴痴地看他在纸上挥洒出一片铁画银钩。他的前程完全是未知数，她执拗地跟他来往，全然不顾家里的反对。

1977年恢复了高考，他考上了名牌大学，她却落榜了。他要去上海读书了，在码头边，他们依依惜别。他踌躇满志，意气风发，就像那被风灌得鼓鼓的帆；她惴惴不安，现在，她是丑小鸭了。她仍在工厂做工，那个年代工人的地位也不低，但她心虚虚的。他说："毕业了，我回来。"

英俊潇洒、才华横溢的他，受到老师和同学的青睐。多少系里系外的女孩暗恋着他。校长的千金和他同班，对他暗生情愫。校长是他们的现当代文学老师。校长洞悉女儿的心事，他本人也喜爱这位学生，想把他留下来。有时候，校长让他到家里帮忙整理资料并留下吃饭。许多同学都看出了一些苗头，只有他自己，心无旁骛，沉浸在一种纯净的学术氛围里。他也想留校，甚至开始留意她可调动的单位。

他们初中时的一位同学，也在这所大学读书。一次回家，他委婉地暗示她：校长的千金看上了他，可能他会被留校。她所担忧的事终于来了。反复地思虑，她无法割舍这个心爱的男人。她终于想出了一个方法，写信给学校的校长和书记，说自己是他的未婚妻（其实那时他们并没有婚约），并请组织上照顾，毕业后让他回原地。

校长父女突然对他冷淡起来，留校的事情再也没提起。他隐隐感到有点反常，但没有去探究。他回来了，在轮船码头，她在等他。终点就是起点，他也并不怎么失意。他在当地的一所普通高校任教。他娶了她。

他们跟所有平凡的夫妻一样，生儿育女，柴米油盐，精打细算。虽然，精神上并不是没有距离。婚姻，有美满的，可过的，可忍的，不可过的这么几种，他们应该属于"可过"的那一种。他永远记住在码头，她那声亲切的呼唤。她的心头，总是有那么封信。所以，他们彼此包容着。现在，他们有了孙辈了。黄昏时，他们经常去码头边散步。

终于有一天，她说："我这辈子有件事瞒着你。我曾以未婚妻的身份写信给你们的校长、书记，要求学校照顾我和你的关系，分配你回来。现在，我们老了，不说出来我闷得慌。你不怪我吧？"他怔了怔，突然明白那时校长父女对他的冷漠，也明白了他不被留校的原因。他说："都过去了，还能怪什么？"

他回到家里，沉默着，接连不断地抽烟。其实，这世界上有许多路就是在你不知情的情况下被堵住的。堵住它们的，有时是你的仇人，有时是你最亲近或最爱你的人。如果当年没有那封信，他的人生又会怎样呢？

她见他似乎有什么心事，说："你少抽烟，当心身体。你在想什么？"他说："我没想什么，只是想想。"

死亡的预言

　　我的朋友参加了贾医生的追悼会。贾医生生前是江城的一个私人诊所的坐堂名医。许多居民自发前往殡仪馆，他们都曾是贾医生的病人。

　　我的朋友跟贾医生的关系尤为密切，因为，他父亲最后的一段日子，就是贾医生上门治疗的。那是三十多年前的事了。当时，贾医生仅仅是一个普通的医生。

　　病急乱投医，朋友的父亲去了多家医院，都查不出确切的病因。吃了好多药，打了好多针，都不见好转，索性卧病在家静养。有一夜，病发得厉害，就近唤了贾医生。

　　朋友的父亲在民间很有名望，一直搜集、研究江城的历史文化，包括贾医生的一些民间药方也是在他那里无意中学的。有一次，我那周岁不到的儿子，哭闹折腾了整整一夜，还伴有发烧，请来贾医生，他在孩子的袖子上别了一枚缝衣针，又让孩子服了他自己配置的粉状药，不久，孩子就安静下来，还退了烧。

我想，那枚细小的针，相当于一把宝剑。我甚至还想，贾医生会点儿小巫术吧。

贾医生对我朋友的父亲无微不至地关怀，他每天早晚都来查看病情，过问饮食。那时，我朋友尚未结婚，整天陪护着父亲。终于，有一天，贾医生悄悄叮嘱："准备后事吧，你爹一个礼拜后就要走了。"

朋友的父亲面对死亡相当坦然，一周后的早晨，朋友给父亲喂米粥，仅一调羹米粥，还没咽下，父亲就断了气，表情安详，没有痛苦。

之前有多位医生诊断、治疗，包括贾医生，都没能让朋友的父亲病情好转，但是，在朋友的眼里，这种对死亡准确的预言比之前所有的治疗都重要。起码，父子俩都知道了大限之期。在死亡到来时都表现得比较从容。

朋友的父亲按贾医生的预言"准时"走了，这证明了贾医生的能耐。从此，贾医生名声大振。朋友对贾医生，也由感激升华为敬佩。

贾医生病重时，我就想，他能预言别人的死期，对自己的死期能预言吗？俗话说"瞎子难算自个命，医生难看自个病"。贾医生诊治过无数位患者，最终，救治不了自己。

也像贾医生当初探望自己的父亲那样，朋友一早一晚都去探望贾医生。贾医生拒绝上医院，他对朋友说："一个礼拜后我就去跟你父亲相聚了。"

朋友向单位请了假，也像对父亲那样陪护在贾医生的床头。朋友是个孝子，他采取这种方式表达感恩之情。

一个礼拜后的早晨，贾医生突然有了精神。朋友希望贾医生的预言破灭，还以为贾医生病情有了转机。其实是回光返照。他的手已发凉，不过，他的眼睛，瞬时亮了，像一缕阳光照进了暗屋一样。知道贾医生要交代遗嘱了，朋友甚至拿来了纸和笔。

贾医生微微摇摇头，他示意其他人出去，只留下我朋友一人。朋友说："贾老，您有什么话就说吧。"贾医生说："我感谢你爹，我能有现在这样所谓的名气，全靠你爹。"

"不，我爸爸最后的日子，多亏您的医治和安慰。"

贾医生又微微摇头，轻轻地说："你爹比我高明，他预感到了自己的死期，他成全了我。由我向你发布了死亡的消息，所有的人都以为我很高明，其实，我是一个平庸的医生，我掌握了几个民间偏方，也只能对付一些普通的病。你爹用死亡的消息抬举了我，我也想不到，那以后，我会有那么大的名气。原来，人对自己的死亡，往往有预感。"

说完后，贾医生舔了舔嘴唇。朋友赶紧用纱布蘸水，给贾医生润一润嘴。

贾医生张着嘴，闭上了眼睛。他脸上的表情非常安详，在说出了这个积压多年的秘密后，他似乎如释重负，走得轻松。

　　因为夏季天热，第二天早晨就去了殡仪馆，想不到，居然有那么多人已闻声赶至，而且，人们也提前获悉贾医生对自己的预言。我想，最后，贾医生又用死亡的预言加强和维护了自己的名气。

　　可是，朋友不那样认为，他说，他父亲死后的多年里，贾医生将他父亲搜集的资料看了个遍，包括好多民间的病案。

好日子

媒人气喘吁吁地进了屋，凤儿的妈马上沏了野山茶，递上一把山果。

媒人吃了山果，喝了茶，从口袋里掏出一张照片。照片中，一个二十多岁的年轻人，很是清俊。

爹说："这个，条件太好了，凤儿配不上。"

媒人说："小伙子人才好，还是民兵队长，但是，是个孤儿，家里穷。"

爹在那儿迟疑不决。媒人说："他大伯，那里可是平原地带，稻是双季熟的，比我们这儿强多了。两口子，两双手，肯定能过上好日子。"

媒人走了，爹心里还是不踏实。凤儿跟爹说，她愿意。

自己得过小儿麻痹症，右腿落下残疾，走路有点跛，还能挑个啥。而且，媒人说了，那里是平原，能过好日子呢。

直到过门那天，凤儿才发现，这个家，比她想象中还要穷。"家徒四壁"，连四壁都不全，有一面墙壁塌了一半，用篾席挡着。夜晚，冷风往屋里钻。一条新棉被，是族里人凑钱买的，算最奢侈了。凤儿随即哭了起来。

凤儿就这样开始了她憧憬的"好日子"。

四十年后，有一个叫玉儿的女孩，也上了一列南下的火车。女孩长得清秀可人，她是跟着男友去那个江南的小村的。"从此，我就陪着他过苦日子了。"她心里默默地说。

男友和她是大学同学。男友英俊、能干而且为人忠厚。大学里，他就勤工俭学，和同学一起开了家二手书店。所有的学费都是自己交的，剩下的还寄回家。男友一开始就告诉她，家里一贫如洗。两年前父亲因病去世，留下了一大笔债。一个姐姐，早已出嫁，日子也不宽裕。母亲是个农村妇女，靠卖些海鲜干货度日。毕业后，他必须回家乡。

她去过那个家。两间低矮的小平屋，一共就五十平方米。其中居住的房间，摆着两张床和一席旧沙发，除此之外，没有一件像样的家具。屋子阴冷，还有一股咸腥味，那是海鲜干货的味道。

男友的母亲，一个普通的农村大妈，头发花白，眼睑有些浮肿，走起路来有点跛。她从一个旧匣子里拿出一张纸，边上有点皱了，上面是铅笔记的一个个数字。有五百、二百，还有一百、五十的。一共二十六个数字。她说这是老伴第一次得病动手术时乡亲们捐的钱。因为这些钱，老伴又活了十三年。临终前，他叮嘱她，一定要把钱还回去，去时不能空手去，要带点小礼物，表示一下谢意。

老人又说，自己不识字，没法记名字，但是，一看到数字，就知道是欠哪一家的。十多年了，为了防止遗忘，她把这账单看了一遍又一遍。有时候，做梦还做到和儿子一起去还钱。

"闺女，你可想好了。如果你来我家，是要过苦日子的。"老人说。

回来后，女孩想了又想，最终决定，跟男友一起去过苦日子。父母极力反对，就这么一个女儿，不忍她远离，更不忍心她去受苦。但是，拗不过她。

玉儿来到小村后，和男友去领了证。两年后，她参加了镇干部招考。笔试时她排在第三位，可面试的时候，所有的评委给她打了高分，因为，他们从报上看到过他们家的事迹。她是"凤姨"的儿媳妇。凤姨可是全村最勤苦的女人，千里迢迢嫁到这个赤贫的家，一心想用双手改变生活。可是，丈夫得了绝症。丈夫病故后，她坚持还清了当年乡亲们捐的钱，而且，她和儿子拒绝政府的补助和奖励。"欠债还钱，天经地义。我们现在好起来了，钱应该给更需要的人。"

家风很重要，这样家庭出来的媳妇，会差到哪儿去呢？

村里的集资房建成了。在宽敞明亮的新房子里，玉儿和丈夫补办了婚礼。婆婆说，先前，自己的女儿因为家里穷，没有嫁妆，只能举行个简单仪式，然后"悄悄"送到夫家。现在，儿子的婚礼一定要办得热闹，要把乡亲们都请来喝酒。

债已还清了，儿子在单位里升了业务主管，儿媳妇现在是镇里的妇女干部。

"凤姨，你总算过上好日子了。"村民们对她说。

谁在卫星上敲榔头

　　黄昏，母亲收工回来，准备淘米做饭。她发现，小海不在。她想起中饭时，小海就不在了。母亲的心思，都在她的活上了。四个孩子，从小由他们翻滚摸爬。饭桌上，常常不是少了这个，就是不见了那个。下河捉鱼、打弹珠、爬树，孩子们的花样多着呢。饿就饿着呗，谁让他们贪玩，赶不上吃饭，回来端一把凳子，站上去把饭篮抓下来淘冷饭吃吧。没菜？冲一碗酱油汤就行。反正，家里一年四季，也就是咸菜萝卜。

　　可是，小海这么长时间还没来，母亲慌了，出门去找。

　　找遍了村庄的角角落落，不见小海，母亲的额上有了汗珠。

　　"你们家小海在村头的那家轧米厂，看轧米机轧米，看得人像个木头人似的。"一位路过的村民告诉她。

母亲急急赶到那家厂。小海站在一边，整个人灰扑扑的，一动不动，乌黑的眼珠瞪得大大的。母亲要他回家，他不肯，于是母亲回家，拿了一件棉袄，让他披上，冬天的风可是很冷的。

等到那家轧米厂关门了，小海才回家，手里攥着一块废弃的轧米机上的配件，像得了什么宝物一样。他说是厂里的人送他的。晚上，母亲隐隐听到孩子们的房间传来一记记钝响。走进去，其他三个，都睡得呼呼响，而小海，正在被窝里，一把手电筒横卧着，他用小榔头在敲那个配件。"早点睡觉，要敲明天再敲。"母亲说。

对于孩子们，母亲总觉得心有余而力不足。父亲是村小的教师，语文数学包班，而且管着两个班。哪一天父亲得些空了，就是孩子们的节日。他会讲《水浒传》，会带孩子们看北斗星。而母亲，为了一家的生计，到处找活干。为了让四位孩子都读上书，母亲卖掉自己唯一的一只戒指。只要孩子们不闯祸，顽皮一点，她不呵斥。对他们喜欢做的事，她也尽量包容。

上小学了，小海愈发对各种组装的物件感兴趣。家里的小电器，他经常拆了以后重新组装。有些，他装好了，有些，再也装不好了。有一天，母亲又听到了敲榔头的声音，进去一看就傻眼了，小海居然把收音机给拆了。这是家里唯一的收音机，很珍贵的。母亲心疼得要命，忍不住就训了起来。"妈妈，我以后一定会把它装好的。"小海说。听了这个，母亲的心又软了。

从小学到初中，小海在班里的成绩也就中等。父母亲也不苛求，读书，只要尽力就好。可到了高中，小海的成绩进步神速。高三那年，父亲在路上碰到他的班主任。"董老师，你不用担心你儿子，他肯定能考上大学。"班主任说。

后来，小海果然考上了哈尔滨工业大学。父母很开心。当时，高考可是千军万马过独木桥。

大学毕业，小海被分配到航天局下的一家研究所，专门研究气象卫星。父母很骄傲，儿子真了不起，能进入这么高端的领域。可是，母亲也很担忧，她经常在夜晚，在梦中，听到敲榔头的声音。她总是担心，儿子会把什么敲坏、拆坏，那就不是儿戏了。每一年，母亲在祭祖拜佛的时候，总是祈祷：让小海平平安安，千万别敲坏了什么，拆坏了什么。

小海成了大海了。大海每年春节来看望父母。大海仍然像小时候一样，不太说话。每次，他都带个照相机，笑呵呵的，给老屋、村庄以及父母亲友们拍照。好像要把这一切都深深地烙在他的镜头里带走。父母只知道大海是造卫星的，但除此之外一无所知。有些事，大概也是机密，他们从来不问。直到有一天，大海告诉他们，自己成了一颗众目所瞩的气象卫星的总设计师。

有一天，大海打电话来了，电话那头是如此欢悦。"爸爸妈妈，我很开心，我们的卫星发射成功了。我们的某些技术，比欧美国家还领先呢。这几天我特高兴，这是我人生中最顺畅的日子了。"

母亲的感觉，好像一把硕大的榔头敲碎了一个巨大的彩蛋，一片炫目的灿烂，一片如潮的欢乐。大海回来探亲，当地的媒体记者都来采访他。记者问他今后的目标，他说，这次在A星的震动传感器接收到信号，类似于有人在卫星上敲榔头，一天敲二十次，持续二十秒，之后信号很快衰减。他们打算在B星上布置更多的测量传感器，一定要把这个问题搞明白。

母亲一下子回想起了那个五十多年前的夜晚。

当晚，母亲打开抽屉，拿出一个扎得严严实实的包，一层层打开，里面，是一把小榔头。正是五十多年前他敲轧米机的部件，后来又敲收音机的那把。"儿子，你一定能弄明白的！"这时，大海，一个男子汉，顷刻泪奔。

红蚂蚁

　　货卸完了，拉空车，明显轻松不少。他又经过那个小屋，但是，门已上锁。木门上，有一群蚂蚁在爬，密密的，爬得那么欢。他感到惆怅。同时，暗暗怨恨起自己的父亲，明知道那么远，却要他受那份罪，还不如一个外人。

　　学校危房改造，要重新装修。废弃的木板，由造房子的工程队收购，送货的钱则另算。父亲是这所学校的校长。"想不想赚钱买书？"父亲问他。

　　他当然愿意。十二岁时，奶奶中风躺在了床上。父母亲都是老师，晚上经常在学校办公。于是，父亲特地给他写了一封信，意思是工作忙，没有时间照顾奶奶，让他放学以后少出去玩，尽量陪在奶奶身边。"爷爷在爸爸八岁时没了。

长辈中，奶奶是爸爸唯一的亲人了。你能不能替我们尽一点孝，做一点事？"于是，他听父亲的话，经常给奶奶翻身，还帮奶奶洗衣服。为了表示对他的奖赏，秉公无私的父亲破了例，那段时间，每星期六拿来学校图书室的钥匙，准许他星期天可以入室看书。

也就是那时，他染上了"书瘾"。一星期一次，总觉看不够，他好想拥有自己的书。可那个年代，大家的家境都不怎么样。经常有乡亲来向父亲借钱。父亲或多或少，从不让他们空手回去。一个月的工资，没到月底就被借光了，常常捉襟见肘。

天蒙蒙亮，他拉着一车的木板去送货。他读初二，个子已经很高，俨然一个小大人了。父亲说目的地是一个叫"红联"的地方，并告诉他，走了大路，然后看到山，就沿着山路一直一直往西走，出了山又是大路。在大路上问一下路人，就能到目的地。路就这么一条，不会迷失的。他拉着手拉车，可没走几公里就气喘吁吁。他咬着牙一直往前拉。可是，这山路好像无穷无尽。日暮时分，经过一个小山坡，他筋疲力尽，肚子咕咕作响，实在拉不上去了。这时，来了一个看山人，帮他推上去，一问，知道他要去红联，说："小阿弟，还有很远的路，你一定饿了吧？不如先在我这里吃点饭，吃饱了有了力气再上路。"于是，他跟着看山人来到一个小茅屋。屋子里很简陋，只有一张床，一张桌子和几把自己做的椅子。看山人又是打水让他洗脸，又是做饭，并拿出咸菜、咸肉和咸笋。这咸肉,他自己一块不吃,都夹给他。他连吃三碗饭。那顿饭真香啊,他从来没吃得这么香过。后来,看山人又帮他推车,翻过三个起伏的小山坡,才回去。晚上七点,他终于拉到目的地,赚到了人生中的第一笔大钱——十六元。天黑的时候,他不敢进山,就在附近的野地里,搬了些稻草露宿了一夜。第二天,回来时路过看山人的小屋,门已上了锁,没见到他。

回来后,好几天,他都不理父亲。

后来,有个夜晚,有老师来叫父亲。原来,有个学生,是个孤儿,是父亲,捐助了学费让他读书。这学生得了中耳炎,耳朵流脓,突发高热,很危险。父亲二话不说,就往学校赶。后来,父亲就背着这学生,走了七八里路到镇里。镇里医院医治不了,得送县城。当时没有公交车,他就租了一条船,和船老大一起,连夜摇船摇到县城⋯⋯学生转危为安。父亲回来了,眼睛布满血丝,一挨床就睡下了。看着父亲消瘦的脸,突然他想起了那个看山人,看着看着,父亲和那个看山人的脸竟重叠在一起了。他原谅了父亲。

那顿饭真香啊,香得他终生难忘。那个看山人,一直烙印在他心里。只记得他放柴刀的套子上有一个“何”字,成年后的他也曾去山附近的何家村打听,但都没打听到。这看山人很可能就是孤身一人,是处在社会底层的人,但是,那天,他拿出他的所有招待了他。

现在,他是江城最大的一家书店的老总了,而父亲,也退休了，住在江城。退休后的父亲拿着高额的退休工资，总觉得日子过得太闲适。一个周末，父亲和几位老友相聚茶馆，言谈甚欢。接着，就想，小区里有一大片老人，如果大家经常一起聊聊天，说说新闻，那该多好。于是，他决定在社区成立一个爱心组织"老年互访团"，把老年人都凑在一起，目的是互访互帮，情感互动。

后来，加入互访团的人越来越多，不仅有老人，还有很多青年志愿者。现在，一百多人，要组建起一个志愿者团队，取什么名字呢?

"爸爸，叫红蚂蚁吧，蚂蚁抱团取暖，是最团结的生灵。而且，红蚂蚁，红蚂蚁，越来越红。"他说。

其实，说的时候，他想起了那个叫"红联"的地方，想起那道锁着的门，门上，爬着一群蚂蚁。

米殇

王老板是开米店的。他的米店生意总是比其他店好，为什么呢？那时量米都用米升子，店主往往是把米都盛满了，然后用尺子把凸出的地方刮平。可是，王老板不这么做，不论谁来买米，最后都会给对方留出翘起的一角。此外，他还准备了好多细细的绳子，碰到穷苦人家连米袋都没有的，就让对方把外衣脱了，把袖子扎起来，当米袋。人们称赞他，王老板只是谦和地说："这也是我的私心，希望大家都来我这儿买米。"

王老板对顾客大方，对自己却是很抠门的。他们家，从不缺白花花的大米，但谁也不许有剩饭，大人和孩子，一粒也不许剩。有一次，因为赶着去做事，王老板捏了个饭团边走边吃。不知怎么滑了一跤，那饭团也掉进了牛粪堆。他捡起饭团，面不改色地吃了下去。"这世上啊，最干净的是牛粪，牛粪还可以做药呢。"他说。

王老板一次进城，在东福园吃饭。这时，邻桌有个珠光宝气、花枝招展的贵妇人。贵妇人烫着发，穿着旗袍，还叼着支烟。烟还有长长一截，她不抽了，顺便就在桌上的一碗米饭上撅了一下，熄灭了。她是把饭碗当作烟灰缸了。王老板看得眼睛出血，禁不住就上前去理论。"乡下佬，我出钱买的，我爱怎样就怎样。"贵妇柳眉倒竖，唾沫四溅。王老板口拙，只是反复说："你这是罪过的。"眼看吵个不休，东福园的老板来了，提出都给两位打半折，好说歹说把他们劝开了。

就因为那半碗饭，王老板回来就病倒了。一想起那截烟戳进白花花的米饭，他的心上就像被戳了一刀，疼！一想起那妇人撒泼的样子，他就郁闷，这样，不久，病情加重，一命呜呼。临死前，他叮嘱妻儿：多做善事！于是，王家人守着个米店，诚信经营，乐善好施。不久，中华人民共和国成立了。因为王老板人好，王家人一个也没被批斗，相反，王老板的儿子小王还进了国营的点心店。大饼油条、汤圆水饺、烧卖包子、灰汁团水塔糕，腌咸菜、做腐乳、酿酒，这小王聪明伶俐，什么活都一学就会。

多年后，小王已成老王。老王开了一家粮油店，兼生产、销售各种点心。按说，靠着老字号的名气以及他的一身绝活，他会成为名副其实的老板。但是，老王跟儿子建起了粮油博物馆。这博物馆里，展示着各种农耕器具，摆放着巨幅的南宋楼璹的《耕织图》，展示水稻从播到收再加工成成品粮的每一道工序。此外，还有酿酒榨油的作坊。公益的博物馆，不收门票，而且器物不断添加。常有爸爸妈妈带着小孩来参观，假期里就更热闹了。"啊，原来这不是稻草，是油菜秆呀。""哦，原来一粒粒米是这样来的，太不容易了。"那些五谷不识的城里孩子，到了馆里推磨、舂糠，手动个不停，嘴说个不停。不过，中午在博物馆用餐时，他们都自觉做到了一点：不剩一粒米。

老王在博物馆的一角，摆了一个小玻璃柜，在里面摆上父亲的头像。但是，他在柜子侧边开一个小洞。"我让他看，也让他听。"他说。

成长

　　年轻的老师带孩子们去小吃城。

　　"你们来了。"摊主热情地跟孩子们打招呼。同时，对她说："辛苦！辛苦！"目光中满是理解和赞许。

　　一股暖流，在她心里涌动。小吃摊上弥漫着氤氲的热气，空气里是食物诱人的香味。很快，孩子们都挑了自己爱吃的，付了钱，坐下来津津有味地吃起来。

　　多年前的情景又浮现在她脑海里。

　　那一年，校长宣布了一个决定："把学生带出去！让他们走进社区，走向真实的生活场景！"

　　"这怎么行？万一出了事怎么办？"老师们议论纷纷。普通学校的孩子，组织学生外出，老师尚且悬一颗心，更何况，他们面对的，是一大群患有脑瘫、智力缺陷、自闭症的孩子。有些孩子患有癫痫，路上发作怎么办？走失了又怎么办？可是，校长的眼神异常坚定。看来，她是经过剧烈的思想斗争，才下的这个决定。

第一次，她带着孩子们去小吃城。出发前的那个晚上，她紧张得睡不着觉。在家里，她还像个孩子，常常在父母面前撒娇呢。在学校里，她是老师，已经能够熟练地给脑瘫的孩子擦鼻涕、口水，给大小便失禁的孩子换洗内裤。或者，午睡时，搂着、哄着几个特别多动的孩子入睡。她喜欢这些简单、可爱的孩子。但是，带孩子们出去，路上行人异样的目光，让她难堪，她都不敢抬起头来。她和另一位老师，一前一后，紧紧护着学生。唯恐一个闪失，就有孩子离开她们的视线。她背着的一个宽大的包里，装着几位学生干净的衣裤。

刚走近小吃摊，摊主们看着一大群面容特殊的孩子，顿时变了脸色。"傻子来了！""走开！走开！"摊主粗声大气地对学生嚷着，唯恐他们带来什么晦气似的。而且，他们还特意看了她几眼。"老师是不是也有毛病？"他们悄悄嘀咕。那目光，就像犀利的刀子，划过她的面庞，刺在她心坎上。在摊主的斥骂声中，有些孩子已经有所感觉，慢慢地围到她们身边，怯怯的，像受惊的小鸟。有的仍然不明就里，东张西望，甚至，小手蠢蠢欲动，想去拿摊上的肉串。对着香喷喷的小吃，孩子们都露出无比渴望的眼神。那是一种怎样揪心的眼神啊。

结果，什么都没吃成，他们回来了。其他老师也回来了。说起来，都是一肚子委屈。去超市的，不仅挨了骂，还赔了钱。因为，有些孩子第一次到大超市，看到琳琅满目的商品就抓，还把糖果放进自己的嘴里。超市保安步步紧跟，像防贼一样防着他们。

　　年轻的老师去找校长。说着，说着，她哭了，校长也哭了。她乞求地望着校长，希望不用带孩子去外面上课了。

　　"那孩子们好吗？"校长问。

　　年轻的老师沉默了。走出围墙，教学效果绝对比关在学校教学要好得多。孩子们快乐、兴奋，就像放飞的鸟儿一样。即使是小吃城那不愉快的一幕，也立刻如轻烟般散了。他们看到了林立的店铺和繁华的街道。世界原来这么大，这么美丽。校长的弦外之音就是：对孩子有利的，就得坚持。

　　于是，他们坚持带孩子们出去。好几次，校长全程陪同。在公交车上，校长教孩子们给老人、孕妇让座。有一次，一位妇女把孩子们叫做"傻子"。"这位阿姨很尊重我们孩子的，是吧？"校长说。这位妇女有点不好意思了。"我们无法改变别人，只能改变我们自己。"校长对他们说。孩子们学会过红绿灯了，学会自己乘坐公交车了，能够在花园里观赏美丽的花木，感知春天了。

　　"他们又来了。"小吃城的摊主渐渐换了称呼。虽然，态度不冷不热，但是，他们没有再叱骂孩子们，同时，把小吃卖给了他们。

时光如流水，冲洗着一些坚硬的东西。"你们来了。"当一位摊主第一次招呼孩子们时，年轻的老师眼角湿润了。"傻子"——"他们"——"你们"，这三个称谓之间，是一段多么漫长的路途，是一步步艰难的探索和跋涉。

　　那一年，全国特教专家来了。年轻的老师带孩子们去小吃城上观摩课。孩子们井然有序地点餐、付钱，坐下后安静就餐。一位轻度智力缺陷的女孩，还给专家介绍起本地小吃，乐得专家开怀大笑。

　　"老师，你吃！"孩子的声音，把她从记忆中唤回。一位孩子手里拿着一个羊肉串，憨憨地看着她。这是一个得唐氏综合征的孩子，和同龄人相比，他长得慢。他永远是那种憨憨的让人爱怜的表情。

　　路边的一棵树上，传来了一声清脆的鸟叫。

胡笳十八拍

　　那天，汉家的使臣来了，带来黄金千两，白璧一双，说是奉了丞相的命令来赎我。王在那里沉吟不语。他在权衡，一边是价值连城的宝物及两国关系，一边是一位汉家女子，虽说恩宠多年，却总是神思恍惚，心在故国。最后，他同意了。

　　天可怜见！这一刻，我喜极而泣。一个英武的男人的身影，浮上我的心头，他是曹操。那时，我还只有十多岁。他经常来看望我父亲。父亲说他文韬武略，绝非池中之物。而他，看我的目光总是带着欣赏和怜爱。三十多岁的他，英武、智慧，才华横溢。每次他离去我总是怅然若失。但是，我知道，我们之间碍于伦常，绝无可能。这世上，有一种情，不是爱情，不是友情，但相知相惜，默默观望。他来赎我，是感念父亲和他的情谊，也是垂顾于我。

终于可以返回朝思暮想的故乡！这十多年，我忍辱偷生，穿皮毛做的衣服，吃腥膻难闻的肉奶，只是想活着回去。可是，当我看到那对年幼的孩子时，一下子黯然。王断不肯让我带走他们中任何一个，此去，再无相见之日。我抱着孩子，泪水像断线的珠子。

我的一生，注定要在煎熬中度过吗？我的父亲蔡邕，博雅多才，在各艺术领域的成就，被视为这个时代的至高点。可是，父亲的清高令他屡屡受挫。第一次，他触犯了宦官，流放朔方，那时，我在襁褓之中尚不知人世的艰难。后来，朝廷大赦，父亲获得自由。可是，很快，他又得罪了权贵，于是，再度流离于江海间。流离的十余年，我跟着父亲，饱读诗书，通晓音律。

董卓上台，这是一位奸雄，但对我父亲够意思。他逼迫我父亲出仕，三日内让他连升三级。于是，我过了一段短暂的无忧无虑的日子。

我的第一任丈夫是卫仲道。我们在最好的年华相遇。仲道英俊儒雅，温柔体贴。我们琴瑟共和，那是我一生中最幸福的日子。可是，仲道体弱，不到一年，咯血而亡。临终前，他深深地看着我，眼里充满了眷恋和忧虑，似乎他已预见我日后的坎坷。婆婆说我克夫，高傲如我，不顾礼教和父母反对，一气之下就回了家。

董卓被部下诛杀，父亲因为感念他昔日的恩情，叹息一声，便被王允所害。从此，我们母女如风中的飘萍。命运的残酷不止于此。董卓部下混战，南匈奴趁火打劫，我被他们掳去。那是多么血腥的场面，马边，悬着男人的头颅，马后，载着像我一样的女人。女人们如牲口一样被掠夺、转赠。匈奴人看我美貌，将我献于左贤王。左贤王喜欢汉文化，也喜欢汉家女子。我成了他的妃子，还诞下两个儿子。但是，他令我想起仲道。一个，清秀俊雅，一个，魁梧粗莽。左贤王宠我，我却常常噤若寒蝉。天寒了，我仰望天穹，希望南飞的大雁带去我的消息；天暖了，又希望大雁带回故乡的音讯。十多年，羞耻、无奈、哀怨、悲愤始终纠缠我的灵魂。这一切，只有面对两个孩子时，才稍稍释然。

胡风萧萧，边马嘶嘶，我离别胡儿。我的小儿子，他塞给我一样东西，那是我在痛苦和寂寞时经常吹奏的胡地的乐器——胡笳。

回到故国，曹公保媒，我嫁给了屯田都尉董祀。刚看到董祀时，我的心动了，似乎春天的柳枝又在萌绿。我仿佛又看到了卫仲道。一样的英俊，一样的风流倜傥。但是，仲道的眼睛是灼热的，董祀的眼睛是冷的。他被迫娶了一个比他大十多岁的女人，而且曾经嫁过人，还给匈奴人养过儿子。虽说才艺超群，在胡地的风霜中已经憔悴支离。他对我更多是冷冷的敬意。但是，我知道，对于一个半世飘零的女人来说，他是我最后的一根稻草。为此，我忍受了他的漠视和冷落，只求相安无事。

那天，家仆来报，董祀犯了死罪，被曹公下令处死。我突然想起卫仲道，想起那种痛彻心扉的不舍。难道，上天将仲道夺去，又要将董祀从我身边带走？我顾不得梳头，穿鞋子，跌跌撞撞赶去丞相府求情。府中宾客如云，蓬头跣足的我，跪在地上苦苦哀求。曹公说降罪的文书已经发下去了，怎么办？"明公您马厩里的好马成千上万，勇猛的士卒不可胜数，还吝惜一匹快马来拯救一条垂死的生命吗？"我说。于是，他派人追回文书赦免了董祀。作为回报，我把自己记得的父亲珍藏的典籍中的四百多篇默写出来，献给他。

董祀回来了，他对我满是羞愧之色。那天，他紧紧抱住我，说要好好珍惜我，说他真正见识了我的才情，心服口服。后来，我们隐居山林。

我总是想，那是曹公用心良苦，自编自导的一场戏。于千钧一发时却峰回路转、柳暗花明。他成人之美且获得后世的好评。那是一个心机多么深的男人。但是，他是真的对我好。

山中岁月，恬静安好。我唯一牵挂的是胡儿，看到胡笳，就会想起他们。我的一生，受尽了所有的苦，丧夫、丧父、别子。云山万重，冰霜凛凛，我坚韧地活了下来。我要控诉征伐，把我所有的苦难和创伤写下来。我写了《悲愤诗》，也写了《胡笳十八拍》，每写一拍，都穿肠裂肺。我用我的一生写下了诗。我不在乎后人的评论，只想让他们知道：我经历过什么。

十里红妆

闹铃响了，他醒来，听到了窗外的雨声。这一刻，他感到无端的疲倦，就想着在温暖的被窝里再躺一会儿。但他终究还是起床了。"生意没有也没关系，就去店里看书吧。"他对自己说。

他准时赶到书店，开了门。店门上"十里红妆"四个字很醒目，也很落寞。记得，开这家实体书店已经被批了一通，取这个店名，更是遭数落。"既不是婚嫁喜铺，也不是家具店，书店叫什么'十里红妆'？"可不管亲友怎么说，他毅然开了书店，取了这名。

他烧了点水，抹了抹桌椅，然后埋头看起书来。突然，他听到门口有声音，心里一喜："今天这么早就有人光顾了？"

一位丈夫，扶着他的妻子进来。那是个准妈妈，看隆起的肚子，估摸有五个月身孕了。"你就安心在这里吧，我中午来接你。"丈夫说。"哈，原来是把妻子'寄存'在我这里了。"他窃笑了一声。

整个上午，他埋头看书，那孕妇也埋头看书。中午时分，丈夫来接妻子了。妻子好像对这幽雅、静谧的环境恋恋不舍。生意一如既往地冷清，寥寥几人，看书的多，买书的少。

过了一段时间，那位准妈妈又来了。这次，她带够了钱，一下子买了好几本。丈夫来接她了，一手拎着书，一手扶着她，喜滋滋的。八成是准妈妈带来了喜气，书店渐渐地热闹起来。双休日，还有爸爸妈妈带着孩子来。有了人，他就开心。虽然，书卖得还是不多。有时，他也和读者攀谈。"浩哥，是你吗？原来电台的节目主持人？"一天，一位和他年龄相仿的人，看到他惊呼起来。"浩哥，当年你朗诵食指的诗《相信未来》，那声音，我至今还记得。"确认后，那人又说。后来，就有人撺掇说朗诵一首吧，他不好推却，就朗诵起来。大家痴痴地听，外面经过的人也进来了。

现在，他的书店经常有读书分享活动和朗读活动。老人、孩子很多，偶尔还有孕妇光顾。

这不，又一位孕妇，挺着个硕大的肚子来了，搀扶她的，应该是她母亲吧。母亲的嗓门很大："还好，还好，终于到了，再不来就来不及了。"他一听，不解，继而，恍然大悟，"我怎么这么笨，准妈妈是来讨彩头了。"

想起多年前，他做一档节目，去采访一家名叫"十里红妆"的博物馆。十里红妆，那是宁绍台一带的婚俗，女儿出嫁，娘家陪嫁的妆奁，大到千工床，小到各式生活用具，一应俱全。出嫁的队伍，浩浩荡荡，绵延十里，目的是让女儿风风光光进入夫家，自然也希望她衣食无忧。谁说嫁出去的女儿泼出去的水？父母的爱，深沉而绵远。当时，还是准爸爸的他，望着博物馆里大大小小的物件，被深深打动了。后来，他涉足商海，赚了不少钱，生意正兴隆时，他却退出商海开起了书店。个中原因，亲友们有过种种猜测。也许，赚够了钱，从此想过自己喜欢的生活；也许，他本质上就是一个读书人，转了一圈最终还是想着"回归"。开这家实体书店时，他正为店名犯愁呢，突然，花朵一样的女儿从他面前飘过，他想起了那次采访。"十里红妆，花开富贵，书香传家。"于是，他定下了名字。

没准儿，孕妇肚子里的那个孩子是女孩。他有预感。

底气

多年后，成树悟出，母亲为什么总是只打半斤酱油，而且常在菜即将下锅的时刻，摇摇空瓶子，喊他哥哥成林去打。

母亲早年守寡，拉扯着两个儿子。老大成林，老二成树，相隔三岁。大概当年给第一个儿子起名的时候，期望他兴旺发达吧？可是成林自小丢三落四，时不时让母亲操心。因此，给老二起名就"小"了，只求成树，林中的一棵树。成树做事有条有理，让母亲省心。

打酱油，母亲总是支派成林，而且，母亲只给半斤酱油的钱，分文不多。有一次，成林竟然空手而归，原来，途中看耍猴入了迷，酱油瓶不知去向。母亲气得不行，说："你的魂灵被猴耍了吧？"

偶尔成林不在，母亲派成树去打酱油。成树一口咬定：
"打一斤！"小小年纪的他觉得，连酱油都打半斤，他会在
人前抬不起头来。母亲摸遍了衣袋，凑起零零碎碎打一斤酱
油的钱。不一会儿，成树就提着满满一瓶酱油回来。这时，
菜已在油锅里响了。

母亲缠过足，跛着粽子一样的小脚，不轻易上街。邻居
的一个亲戚在上海开店，正缺人手，就推荐成林去当学徒。

成林乘轮船，下了船就进了班房，警察说他携带了违禁
品。他有口难辩。上船时，一位陌生的乘客，让他帮助带一个
行李包，哪知道里面有违禁品。蹲了一个礼拜的班房，店主保
他出来。他到了那个店铺，半个月后，那个店就倒闭了。

母亲想好端端一个店，大儿子一去，店就倒闭了，是不
是大儿子带去了晦气？她还想，起名字是不是贪大了，一个
人就是一个人，却非要逼迫他成"林"。

成林灰溜溜地回来了，船票还是当了铺盖买的。成树
说："妈，我去闯一闯！"

可是，家里连打半斤酱油的钱也凑不出了，而且，母亲
担心，成树此去，连投靠的亲戚也没有。可成树执意要去。
母亲借了盘缠，让成林给成树捆绑铺盖。成林扛着行李送弟
弟上了轮船。

母亲叮嘱成树："没法落脚，就回来。"

一个月后，母亲收到一张汇款单，那是成树头一个月的
工钱。尽管拮据，可是，好多天，母亲都舍不得用这笔钱。

只是，从此，母亲让成林打整瓶的酱油了。

母亲对成林说："你总不能待在家吃闲饭，让弟弟养你吧？"

成林就在江城附近的码头当了搬运工，他有的是力气。

此后，每个月的头一天，母亲总能收到成树的汇款单。街坊邻居都羡慕她，有一个在"上海滩"挣大钱的儿子。而且，很快，成树出徒了，跟着账房先生学记账。

成林也把汗水换来的钱如数交给母亲。母亲每一次都把汇款单给成林看一看。成林就说："妈，我不也挣了钱吗？"

母亲说："你弟弟在上海滩扎住根不容易。"

公私合营后，成树成了一名会计。成林扭了腰，托关系，进了一个街道工厂，没有技术，先管仓库，后当门卫。

母亲说："一个人落地时辰注定了的。'三岁看到老'，好活歹活都得活一辈子。"

成林结婚了。成林的妻子看不起丈夫，终日在旁唠叨。有一次，成林喝了酒，壮起胆子，对数落他的妻子说："你也不照照镜子，你以为你是大户人家的小姐呀？"

妻子愣了，接着就"哇"地哭起来，说："平时，你闷声不响，今天，你倒有了底气，我跟了你，这过的是什么日子呀？"

母亲出面调停，自然责怪成林："你就不能让我省省心吗？从小，你打半瓶酱油我也是提心吊胆的。"成林一听这话，就耷拉着脑袋不说话了。成树后来也成了亲。想必妻子是很贤惠的。成树仍然在固定的那一天汇款过来。

后来，中年的成树担任了一家公司的总会计师。

每个月总有那么一天，邮递员在墙门外的街上喊："叶根娣，印章！"

"在在在！"母亲一边应着，一边踏着碎步，在屋里的抽屉里取出印章。

院子通往街头是一条狭窄的巷子，有五十米长，仅容两人相向掠肩而过。巷子是用石板拼凑铺成的，还有几块凿有字，显然是年代久远的墓碑。光滑的石板，接缝处有点松动，邮递员的喊声像水一样流进来，然后，石板"咯噔咯噔"响，脚步一路响进来，邮递员挎着一个邮包，来到候在门口的她面前。

母亲拿着一方小石印，习惯性地在上面哈了哈气。

邮递员掏出印油，打开，递上。

母亲轻轻地蘸了印油，她往邮递员展开的一张纸上郑重地用力地盖上红红的印。

邮递员一路踩响石板，由近渐远，然后，在巷口，脚步声戛然而止。

院子里的邻居发出感叹，那是不知说了多少遍的话："老外婆，你真有福气！"母亲清秀的饱经沧桑的脸绽出了灿烂的笑容。

每逢此时，成林妻子的身影总是在院子的天井里消失。屋里却响起她的声音，没有成林的回应，倒像妻子在一边独语，声音里满是怨气。

母亲进屋，成林的妻子马上把嘴边的话"吞"了下去。如同林中的鸟，叽叽喳喳的，有人来了，鸟声戛然而止。邻居们好奇，一个小脚老太，是怎么镇住这泼辣而难缠的媳妇的？真是一物降一物。

母亲很节俭。每逢春节，她像举行一项仪式那样，当着成林的面，除去油盐酱醋的日常开销，把当年成树的汇款，如数装在一个红包里，交给儿媳，说："这是妈给你的压岁钱，祝你们一家顺顺利利，开开心心，健健康康！"

这一刻，成林的妻子就说："妈，真不好意思，我收下了哦。"

项链

四十多岁的时候，苏突然对项链产生了兴趣。

苏想起了那条项链，那条价格不菲的项链。她翻箱倒柜地寻找。

那项链是她的订婚项链。

苏是一个骨子里崇尚浪漫的人。她希望她的那个他高大英俊。但是，事实总是和梦想相悖。她和彬是经人介绍认识的。第一次相见，苏彻底凉了心。虽然男方长得清秀，但个儿实在太矮。"他个儿太矮。"她委婉地跟介绍人说。可介绍人传过去的话却是："她还是比较满意的，除了身高。"

后来，彬不断地来电话，来信。双方的父母又不断地催促，于是，他们就订婚了。订婚时，苏觉得人生很无奈。

彬的母亲要他俩去挑一条项链，作为聘礼。她也不怎么挑，随意指了一条蓝宝石项链，店员夸她眼力好，说那是上等的斯里兰卡蓝宝石。

结婚后，她不喜欢戴项链，项链被搁在一边。有一次，苏偷翻了彬的日记，原来彬对婚姻也很无奈。恋爱时一个个电话，一封封的信也是在旁人的"督促"下进行的。苏没生气，倒很坦然。日子过得像白开水，两人不吵架，不红脸，也从不干涉对方。

苏有一次晚上加班为单位的一份报纸校稿。九点时打电话给彬，说要晚一步回家，彬"嗯"一声就没说什么。十二点过后，每个校稿的同事都接到电话，接着，都有人来接，除了苏。苏打的回家，彬已熟睡。同事背地里都很诧异，怎么这对新婚夫妻会那么"淡"。苏却喜欢这种方式，觉得互不干涉，给对方空间就好。"少年夫妻老来伴"，苏觉得他俩提前进入伴侣阶段。反正，彬清秀、整洁，烟酒不沾，对人和气，也算是一个好伴侣。

苏怀孕的时候，彬在北京读博士。整整一年，苏挺了个大肚子上下班，同事们都夸她坚强。晚上，苏觉得寂寞，又有点害怕。偌大的房子空空的，苏突然想起彬的许多好来。原来夫妻表面上平平淡淡，内心的依恋也会那么深。通电话时苏呜咽起来。"你别哭。你一哭，我晚上就睡不着觉。"彬在电话那头说。

随后，孩子出生了。孩子由双方的大人带着，倒没怎么影响他们的生活。苏越来越内敛，而彬则变得自信。这是一对互补型的夫妻。白开水经久耐喝，而且有股甘味，他们满意于这种状态。有时候，苏在外面和朋友们一起玩，过十一点彬就来电话，提醒她早点回去。一次，苏回家十二点了，彬坐在床上看书。"你在等我？"苏问。"我想把这本书看完。"彬说，说着，他钻进了被窝。

苏想起那串项链是在一个夏天的早晨。她穿了一条黑色的真丝连衣裙，看到镜中的自己成熟、华贵。"再配一条高档的项链就好了。"她想。她想起订婚时那蓝宝石坠子，坠子上镶有小钻石的项链，却记不起放在哪儿。她一个劲地找，又不好意思说。

"是不是这个？"彬拿出一只红色的心形的丝绒小盒子。

"你怎么知道？"苏用眼神问。

"我看你在照镜子，把连衣裙的第一颗纽扣扣上又打开。肯定是嫌光溜溜不好看。"

彬狡黠地笑笑。

礁石上的少女

　　七岁的时候，她看见杂志里的一幅画，异常得喜欢。那是一个礁石上的少女，穿着粗布衣裳，那双清澈而略带忧郁的眼睛里，充满着对远方的渴盼和向往。而那本杂志封面上，是一位靓丽女孩的照片，她倚在琳琅满目的橱窗边，洋气、时尚，笑容甜美。这两个画面行成了鲜明的对比。

　　因为她是个孩子，只是感性地喜欢那幅画，也没有去记住作者的名字。一年又一年，那幅画在她脑海里萦纡不去。她渐渐长大，想知道那幅画的作者是谁。但是，她找不到那本杂志和画了，甚至，她写下了一首诗：那个礁石上的孩子/她在等消息吗/海鸥一群群飞起来了/她在等船吗/船一艘艘过去了/浪花浸湿了她的鞋子……

二十年后，她研究生毕业，拒绝了家里安排好的待遇优厚的工作，只身来到一个她向往的城市，做了一家艺术杂志的编辑。在人们的眼中她是一个奇怪的女孩。她衣着朴素，长得很周正，从不涂脂抹粉，一贯以素颜示人。但是，她却肯花上千元去听一场音乐会，或去看一场艺术展览。她的稿件，常常视角独特，语言清新，有读者说看这本杂志就是为了看她的文章的。但她有时却实事求是，对一些庸俗的艺术现象尖锐批评，弄得本地的一些艺术团体很没面子。领导委婉地提醒过她几次，可她依然我行我素。她有很多搞艺术的朋友，其中有不少年轻的，但是，任何一个都成不了她的男友。

只有她自己知道，她就如那个礁石上的少女，孤独而执着地望着远方，似乎在期盼什么。

那天，她去采访本地的一位画家。这位画家，据说很另类，出名甚早，却总是不红。画家已经平静地画了二十多年了。其实，对他那些作品，同行们内心服气。说得最多的话就是"气息很好！"。气息，就是格调就是意境。画家总是埋头在他的工作室，很少和外界接触，甚至，有记者联系他，要采访他，他也拒绝。没有炒作，没有互相帮衬，是很难红的。

"不能遗漏真正该采写的人。"她一直这样对自己说。其实，有人主动联系她，讨好她，甚至开出条件，希望她去采写，她都漠然置之。

她拨通了画家的电话。画家居然爽快地答应她去采访。其实画家很关注他们这本杂志，看过她不少文章呢。果然，他没有失望，眼前的女孩，有很好的专业素养，做了功课，不造作，不卑不亢。于是，画家跟她谈了好多，甚至兴致勃勃地把自己的旧作都拿出来给她看。那些旧作，如珍珠一样，静静地躺在他的工作室。有的，他认为的好作品，却没有人赏识；有的，是他自己真的喜欢而不舍得出手的作品。

当他翻开那二十年前的旧作《礁石上的少女》时，她惊呆了。原来，作者是他。她告诉他，她还是孩子的时候就看过这幅画。这幅画已经伴随了她二十年。那画中人的目光、心绪和画营造的那种氛围一直伴随着她。

他们开始了交往。后来，她知道，画的模特就是他曾经的恋人。他们青梅竹马，一起下乡插队、返城。他画下最真实的她。在蹉跎岁月里向往着远方的她、迷惘的她。后来，恋人去了国外。当她回来时，曾经那个清纯、朴质的少女，变了。当衣着华丽一副见过大世面的她邀请他去国外发展时，他拒绝了。后来，他就藏起了这幅画，至今仍孑然一身。

他们恋爱了，不顾近二十年的年龄差热恋了。他想以她为模特重画一幅，她说不必。"没关系，我喜欢那幅画，你画的不仅仅是她，从那幅画里，我看到了无数个她，看到了一种共同的心绪。"她说。

"走！我们看海去！你不能老待在画室里。"结婚后，她对他说。

图书在版编目（CIP）数据

十里红妆 / 赵淑萍著. -- 上海：上海文艺出版社，
2020（2022.4重印）

（中国好小说系列）

ISBN 978-7-5321-7715-8

Ⅰ．①十… Ⅱ．①赵… Ⅲ．①小小说-小说集-中国
-当代 Ⅳ．①I247.82

中国版本图书馆CIP数据核字(2020)第098672号

责任编辑：蔡美凤　杨怡君
装帧设计：周艳梅
封面绘画：张洪建
责任督印：张　凯

书　　名：十里红妆
著　　者：赵淑萍

出　　版：上海文艺出版社
出　　品：上海故事会文化传媒有限公司
　　　　　（201101 上海市闵行区号景路159弄A座3楼　www.storychina.cn）
发　　行：北京中版国际教育技术装备有限公司
印　　刷：天津旭丰源印刷有限公司
开　　本：889×1194　1/32　印张7.375
版　　次：2020年7月第1版　2022年4月第2次印刷
书　　号：ISBN 978-7-5321-7715-8/I.6129
定　　价：42.00元

上海故事会文化传媒有限公司 出品（00952）

想看更多精彩故事？
扫码下载故事会APP